배추 선생과
열네 아이들

교사와 아이들이 함께 읽는 교실 동화

배추 선생과
열네 아이들

탁
동
철

 양철북

　일령이, 영지, 이슬이, 솔이, 명환이, 유안이, 환영이…. 그동안 만났던 아이들 이야기를 써 보았다. 실제 겪은 일을 바탕으로 썼지만 내가 바라는 학교의 모습을 나타내기 위해 몇몇 없는 말을 보태기도 했다. 길들지 않은 아이들의 세계, 한 사람의 말이 나를 일으키고 둘레를 일으키고 세상을 일으키는 이야기를 해 보고 싶었다.

　일령이는 내가 만났던 학생 중에 가장 덩치가 컸다. 몸집만큼 마음이 너그러워서 동생들이 쉽게 다가와 장난을 걸었다. 언젠가는 세상이 깜짝 놀랄 엄청난 글을 써 보겠다는 말을 입버릇처럼 하고 다녔는데, 글보다는 하는 행동이 엉뚱해서 순간순간 깜짝 놀랐다. 무거운 일령이가 신고 붕붕 날아다니던 놀라운 신발, '검은빛 슬리퍼'는 일령이가 떠난 뒤에도 한동안 기념품처럼 교실에 남아 있었다.

　명환이는 등에 짐을 한 짐 진 듯 무거운 걸음걸이로 바람 빠진 자전거를 끌고 다녔다. 마음속 괴로움이 터져서 둘레 친구들과 자주 부딪혔지만 겉보기와는 다르게 여리고 눈물이 많았다. 이다음에 크면 돈 벌어서 할머니 고생 덜어 주고 선생님 술도 사 주겠다 한 말이 기억에 남아서, 나는 입맛을 다시며 둘이 갈 술집을 미리 봐 두었다.

솔이는 부끄러움이 많았다. 웃을 땐 손으로 입을 가리고 혼자 피식 웃었고, 목소리가 아주 작았다. 움직임도 작고. 하지만 누구도 솔이를 함부로 대하지 않았다. 정확하게 자기 말을 하니까. 솔이가 말을 시작하면 교실이 조용했다. 솔이가 한 말 몇 가지는 아직 기억한다. 이른 아침 학교에 와서 꽃 심는 할머니를 보며 한 말, "젊은 선생님들은 따뜻한 교실에서 일하고 돈도 더 받을 것이다. 늙은 할머니들은 힘들게 비옷 입고 밖에서 꽃 심고 돈도 적게 받을 것이다. 젊은 사람들이 힘든 일을 해야지 늙은 사람이 더 힘든 일을 해서야 되는가 생각이 든다." 이 말 듣고 내가 속으로 반성했다. 그 뒤로는 아무리 바빠도 학교에 와서 몸으로 하는 일 한 가지는 해야지 다짐했다.

이슬이는 대장 노릇을 했다. 목이 굵고 높은음이 쫙 올라가서 가수가 꿈이었는데, 노래보다는 먹는 걸 좋아했다. 유안이는 아는 척을 잘해서 친구들의 핀잔을 받았고, 다정이는 다정했고, 성현이는 옳은 소리를 했고, 하린이는 까불거렸고, 영지는 말발이 셌다. 이런, 괜히 얼굴 떠올렸다. 보고 싶다.

이 중에서 꼭 한 사람, 환영이만 우리 반 학생이 아니다. 내가 존경하는 형이고 동무이고 그림책 화가인데, 몸속을 막걸리 대신 엉뚱한 상상으로 가득 채운 분이다. 초등학교 3학년 때 담임선생님한테 매를 심하게 맞은 뒤로는 쓸쓸한 성격으로 바뀌었다고, 학교에서 혼자 떨어진 섬처럼 지냈다고 한다. 그 형이랑 같이 지내고 싶어서 우리 반 학생으로 불러들였는데, 별다른 활약을 보여 주는 이야기를 쓰지 못해서 아쉽다.

하자는 게 많은 아이들이었다. 내가 하자는 건 별로 안 들어주고 자기네들이 원하는 것은 강하게 주장했다. 개 함정 구덩이를 팠고, 산에 나무를 잘라서 닭장을 지었고, 텃밭에서 농사지은 토란이며 고구마를 읍내 시장에 가져가서 팔았다. 시 쓰고 곡 붙여서 노래를 만들었고, 길거리 공연을 다녔다. 날마다 일을 벌였고 이야기가 생겼다.

갖고 있는 모든 걸 자기들 방식으로 풀어내도 된다는 것을 아는 순간 아이들은 뭐든지 해낸다. 그냥 아무렇지 않게 한다. 그게 무엇이든 마음먹은 대로 얼마든지 뻗어 나간다. 온 나라 누구든지 하는 것을 잘해야 할 필요가 어디 있나. 잘하는 게 중요한 게 아니라 자기만의 감각을 가지는 것이 중요하다.

해가 떠도 누군가는 우울하고 누군가는 기쁜 것처럼, 아이들의 감정 또는 느낌에는 틀린 게 없다. 누가 피카소 그림을 틀렸다 하겠나. 이해를 못할 뿐이지. 노래 음이 안 맞는 아이가 있으면 틀린 게 아니라 화음이다. 글자가 삐뚤빼뚤 틀리면 작품이다. 틀린 게 없다. 틀리면 뜻밖에 더 예쁘다. 틀려도 괜찮아가 아니라 틀려야 아름답고, 틀려야 달라지고, 달라야 아름답다.

그동안 이야기를 들려준 아이들, 그리고 글을 쓰도록 용기 북돋아 주신 강정규 선생님께 고마운 말씀드린다. 그리고 이야기가 사실과 다른 곳이 있는 것 아니냐 따지는 아이가 있을 것 같아서, 네가 보는 눈과 내가 보는 눈이 다르다는 것부터 시작해서 몇 가지 변명거리를 준비해 두었다. 연락 바란다.

2021년 봄, 청개구리 우는 밤에

빨간 사과 · 자전거

빨간 사과

이번 주 반장 하린이가 칠판 앞으로 나갔다. 역시, 나 때문이다. 회의 주제는 '명환이의 폭력'이란다. 솔이가 말했다.

"지우개 지가 먼저 던져서 맞혀 놓고는 내가 뭐라 하니까 욕하고 축구공으로 때리고…."

원통하다, 용서할 수 없다 한다. 나도 할 말 있다.

"저도 억울해요. 솔이가 먼저 욕했단 말이에요. 나는 실수로 맞힌 건데…."

"뭐라고 욕을 했는데?"

하린이가 내 얼굴을 빤히 바라보았다.

"나보고 달마시안이라고."

아이들이 한쪽 눈을 가리며 킥킥거렸다.

"달마시안? 그게 욕이야?"

"욕이야. 달마시안도 개잖아. 개가 들어가면 욕이지."

"그건 너의 폭력에 대한 정당한 반응 아닐까?"

"그럼 나도 정당한 반응…."

영지가 손을 들었다.

"너는 지금 네가 폭력을 휘두를 때 상대방은 가만히 당하고 있어야 한다고 주장하는 거야?"

"아니, 그건 아니고."

"그게 아니면 뭔데?"

"왜 내가 하면 욕이고 여자들이 하면 욕이 아니냐고…."

말발 센 이슬이가 손을 들었다.

"솔이는 너한테 달마시안이라고 했고, 그럼 너는 뭐라고
했는데?"

"그게…."

"왜 말을 못 해?"

솔이는 편이 많은데 나는 없다. 일령이도 턱을 괴고 가만히
보고만 있다.

"나는 그냥. 솔이가 지우개 주워 달라 해서 주워서 던진 건데,
그걸 솔이가 못 받아서 지 얼굴에 맞은 거야. 그래 놓고는 괜히
화내면서 내가 제일 싫어하는 별명을 부르고."

솔이가 벌떡 일어났다.

"그럼 내가 똑같이 한번 던져 볼까? 그렇게 세게 던지면 넌
받을 수 있어?"

솔이가 왕지우개를 집어 들더니 팔을 뒤로 확 젖혔다. 나는
잽싸게 얼굴을 감싸면서 책상 밑으로 피했다. 다행히 던지지는

않았다. 희한하다. 말을 할수록 나만 불리한 것 같다. 그냥
남자답게 깨끗하게 사과하고 끝내기로 마음먹었다.

"그래, 미안해. 내가 잘못했어. 앞으로 안 그럴게. 이제 됐지?"

잘못 인정하고 사과했는데도 여전히 여자들 쪽 분위기가 안
좋다. 잘못했으면 책임을 져야 한다, 대가를 치러야 한다는 말이
나왔다.

"반성문 쓰라고? 쓸게. 몇 장? 다섯 장?"

내가 책상 서랍에서 꺼낸 공책을 탁 소리 나게 펼치며
소리쳤다.

"이제 그딴 것 필요 없어!"

하린이가 손가락으로 내 공책을 가리키며 소리쳤다.

여자들이 끄덕이며 "맞아 맞아" 했다. 어제까지는 욕하면
반성문 쓰기였는데 바뀌었다고, 내가 반성문 쓰는 걸 너무
즐거워해서 이제부터 반성문은 안 된단다.

말도 안 돼. 어차피 하는 것 즐겁게 해야지, 즐거워한다고 그
일을 하지 말라는 게 어딨나. 좋다, 어디 맘대로 해 보시지. 나는
어떤 벌이든 다 즐거워하고 말 테다. 이슬이랑 여자들이 내가
받을 벌에 대해 지들 맘대로 떠들어 댔다.

"사형."

나는 내 목을 조르고 캑, 소리 내며 웃었다.

"퇴학."

책가방 둘러메고 안녕, 학교 안 오게 해 줘서 고맙다며 웃었다.

"손을 묶어서 책상에 매 놓기."

두 손 책상 위에 올리고 혓바닥을 쏙, 아주 즐거운 표정 지으며 웃었다.

"난 다 좋아. 사형도 좋고, 묶어 놔도 좋고. 우왕, 정말 재밌겠다."

선생님이 손을 들었다.

"죽이거나 퇴학은 안 돼. 묶어 놓는 것도 안 돼. 우리한테는 그럴 권리가 없어. 그리고 학교에 가서 사형을 당하거나 묶여 있었다는 걸 알면 명환네 할머니가 얼마나 속상하겠니."

아이들이 다른 의견을 말했다.

"천장에 붙여 놓기."

"곤장 맞기."

"축구공 못 만지고 밖에 못 나가 놀기."

하린이가 물었다.

"둘 중 하나 골라. 곤장 맞을래, 축구공 안 만질래?"

내가 대답했다.

"나는 사형이나 퇴학이 좋아."

"그것 말고. 곤장, 축구, 둘 중 하나 고르라니까!"

어쩔 수 없다. 곤장을 선택했다. 까짓 거 좀 아프면 어때. 나는 얼마든지 즐겁게 맞을 수 있다. 하린이가 솔이에게 물었다.

"명환이한테 공으로 몇 대 맞았어?"

세 대 맞았다고 한다.

"뭐라고 욕을 들었어?"

개○○ 쌍○○ 씨○○○, 이렇게 욕을 들었다고 한다. 자기가 똑똑한 줄 아는 유안이가 칠판에 나가 계산했다.

'세 대 때렸으니까 3, 아홉 글자 욕을 했으니까 9, 3+9=12.'

"열두 대 맞아야겠네."

나는 즐거운 걸음으로 칠판 앞으로 나갔다. 엉덩이를 아이들 쪽으로 쭉 내민 뒤 실룩실룩 흔들었다.

"때려."

아이들이 서로 자기가 때리겠다고 우르르 나왔다. 선생님이 두 팔 벌려 그 앞을 막아섰다.

"어찌 되었든 남을 때리는 건 나빠. 그리고 학교에서 친구들한테 매 맞았다는 말 들으면 명환네 할아버지가 가만히 있을까? 자신 있는 사람은 때리든가."

아이들이 그 자리에 서서 웅성거렸다.

"와, 그때 정말….."

1학년 때 내가 누구한테 맞았을 때 우리 할아버지가 교실에 와서 때린 아이 멱살을 쥐고 창밖으로 집어 던지려 한 적이 있다. 그러고도 화가 안 풀려 기다란 쇠막대기로 학교 유리창을 모조리 깨 놓고 갔다. 아이들 모두 그 일을 잊지 않고 있는 것이다.

"안 되겠다."

"난 안 때릴래."

저마다 고개 저으며 제자리로 들어갔다.

나도 할아버지가 무섭다. 할아버지 등에는 늑대 문신, 팔뚝에는 장미 문신이 있다. 무서운 할아버지 때문에 내 눈탱이가 맨날 달마시안이 되는 것이다. 할아버지가 나를 때리는 것은 아니다. 나를 때린 사람을 때린다.

나는 누구랑 안 싸운 날은 마음이 허전해서 저 멀리 지나가는 형들한테라도 일부러 욕을 해야만 직성이 풀리는 성격이다. 형들은 기분 좋은 날은 그냥 넘어가는데, 기분 안 좋은 날은 쫓아와서 나를 혼낸다. 어떤 날은 내 눈탱이가 밤탱이가 되기도 한다. 하지만 나는 집에 가서 누구한테 맞았다는 말 안 한다. 그냥 넘어져서 멍들었다고 한다. 내가 맞았다는 걸 알면

할아버지가 당장 그 형네 집에 가서 다 부숴 버릴 게 뻔한데 어떻게 말을 하나. 내 약점을 아니까 동네 형들이 마음 놓고 나를 때리는 것이다.

"선생님이 대신 때려 주세요."

여자들이 말했다. 선생님이 고개 저었다.

"나도 안 돼. 학교는 체벌 금지야."

"그럼 남은 건 하나밖에 없네."

반장 하린이가 내 쪽을 돌아보았다.

"넌 오늘부터 축구공 못 만져. 점심시간에 밖에 못 나가고. 12일 동안."

"싫어."

나는 큰 소리로 반대했다. 내가 학교 오는 건 공부 때문이 아니다. 친구 때문도 아니다. 축구공 때문이다. 아침에 오면 공 차고, 쉬는 시간에 공 차고, 밥 먹고 또 공 차고, 이게 내 하루 일이다. 나한테 공 건드리지 말고 교실에 가만히 있으라니, 나보고 죽으란 소리나 마찬가지다.

"싫어도 할 수 없어. 이걸로 회의 끝."

"잠깐만."

자리로 들어가려는 하린이 앞을 두 팔 벌려 급하게 막았지만,

하린이는 나를 밀쳐 내고 쌩 가 버렸다. 나는 옆에 있던 선생님 팔을 붙들고 부탁했다.

"맞을래요. 제발."

"안 되는데."

"제발요. 제발 저 좀 때려 주세요."

"나는 남 때리는 거 싫어하거든."

두 손 모아 싹싹 빌었다.

"이제부터 선생님 말씀 잘 들을게요."

"내 말 잘 듣는 것도 싫어. 나는 내 말 하고, 너는 네 말 하고 살아야지."

"제발요. 한 번만."

우는소리를 하며 간절하게 애원했다.

"이제 친구 안 때릴 거야?"

"네."

"욕도 안 하고?"

"네."

"약속?"

"약속."

"그런데 나는 팔 힘이 너무 센데."

"괜찮아요."

"한번은 소 등에 앉은 파리를 잡으려다가 소를 쓰러뜨린 적도 있는데."

"괜찮아요."

"그렇게도 소원이니 어쩔 수 없지. 그래, 내가 너의 나쁜 사람이 되어 줄게."

선생님이 책상을 가리켰다.

"명환아, 텔레비전에서 곤장 맞는 거 봤지. 신발 벗고 올라가. 팔다리 쫙 펴고."

아, 다행이다. 나는 즐거운 표정을 지으며 신발 벗고 책상 위에 올라가 엎드렸다.

"준비됐지?"

"네, 헤헤."

"열두 대?"

"네. 헤에."

웃고 있지만 조금 걱정이 되었다. 고개 들고 선생님한테 물었다.

"진짜로 아프게 때릴 거예요?"

선생님이 대답 대신 물을 한 컵 마셨다. 그리고는 푸우,

내뿜었다. 물방울이 뚝뚝 떨어지는 손을 높이 치켜올렸다. 나는 엉덩이에 힘을 꽉 줬다.

"이얍!" 소리가 났다.

"꽝!"

우아, 쇠망치다. 깜짝 놀랐다. 엉덩이는 무사했다. 대신 책상이 피해를 봤다. 부르르 흔들렸다. 선생님의 손바닥이 공중에서 방향을 잘못 잡고 헛방을 날린 거다. 실수가 아닌 것 같기도 하고. 맞았으면 내 엉덩이가 수박처럼 산산조각 났을 거다.

"아침밥을 조금밖에 안 먹어서 그런가, 힘을 못 쓰겠네."

선생님이 목을 한 바퀴 돌린 뒤 손마디를 우두둑 꺾었다.

"이번엔 제대로 맞힐 거야. 이것보다 훨씬 세게."

컵에 남은 물을 마신 다음 푸우, 내뿜었다. 손바닥을 번쩍 치켜올렸다.

"이얍!"

"잠깐만!"

나는 책상에서 내려왔다. 벌을 바꾸었다.

"공 안 만지는 걸로 할게요."

이날부터 나는 교실에 남았다. 3+9니까 앞으로 12일 동안.

나는 점심시간에 운동장 안 나가고 교실 창턱에 기대고

앉아 바깥을 내다보았다. 선생님과 아이들은 신나게 운동장을
뛰어다녔다.

'멍청하긴. 그럴 땐 패스를 해야지.'

나였으면 펄펄 날아다녔을 것 같다.

'에고 저 똥발, 발을 살짝 갖다 대기만 해도 들어가는 건데.'

내가 공 찰 때는 시간이 금방 갔는데, 보고만 있으니까 시간이
길었다. 시간이 가다가 멈추고 가다가 멈추고, 어떨 때는 뒤로
가는 것 같았다. 그래도 점심시간이 끝났고, 오후 시작종이
울렸다.

우리 반 아이들이 에이 오늘 또 졌다, 식식거리며 교실로
들어왔다. 선생님이 다가왔다.

"명환아, 벌 받는 거 즐거워?"

"네. 헤헤."

겉으로는 웃었지만 속으로 울 것 같았다.

이틀째, 교실은 어제처럼 나 혼자다. 나 혼자 교실 창턱에
머리 받치고 앉아 밖을 보았다. 웃는 척 애쓸 필요도 없었다.
내가 벌 받는 걸 보아 주는 사람이 있어야 웃음을 지을 텐데,
2층 우리 반 교실을 올려보는 사람은 아무도 없다. 거울 보며 '난
즐겁다. 헤헤' 해 봤자 거울이 알아줄 리 없고. 교실은 어둡고,

어둔 하수구에 빠져 허우적거리는 쥐처럼 세상에는 내 편이 없다. 내가 무슨 짓을 하든 무슨 생각을 하든 나 같은 건 아무도 거들떠보지 않는다.

'차라리 그냥 맞을 걸 그랬나. 이제라도 벌을 다시 바꾼다고 할까?'

빨간 속살이 사방으로 튀어 나간 불쌍한 수박, 그리고 바닥에 쓰러져 버둥거리는 황소 한 마리가 떠올랐다.

'내일부터 학교 나오지 말까?'

쇠막대기 들고 학교로 오는 할아버지의 울퉁불퉁 장미 문신 팔뚝이 떠올랐다. 그냥 이대로 뇌를 정지시킨 채 가만히 앉아 6학년 1년이 가기를 기다리는 수밖에.

사흘째, 나는 교실 커튼을 다 내렸다. 형광등도 껐다. 어두운 교실에 그냥 가만히 있었다. 무슨 생각을 해도 소용이 없었고, 생각을 안 해도 소용이 없었다. 하나 둘 열둘 일곱 다섯 넷…. 하수구에 빠진 쥐는 움직임을 멈추었다. 쇠막대기 든 늑대가 파란 눈빛을 번뜩이며 어두운 밤길을 갔다.

처벅처벅처벅 발자국 소리, 문 여는 소리, 그리고 달깍, 스위치 켜는 소리가 들렸다. 점심시간이 끝났나 보다. 그러거나 말거나 나하고는 아무 상관 없는 일이다.

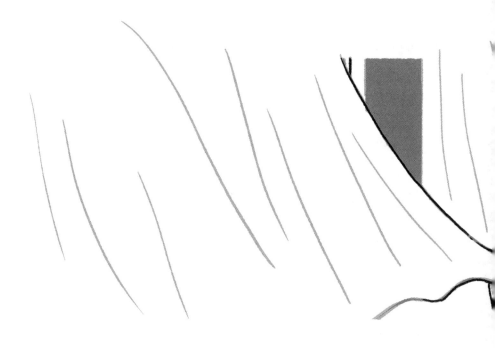

선생님이 다가와서 책상에 엎드린 내 어깨를 흔들었다.

"명환아, 괜찮아?"

고개 저었다.

"아파?"

고개 저었다.

"다른 벌로 바꿀까?"

고개 저었다.

저쪽에 있던 솔이가 조그만 목소리로 말했다.

"명환이 벌 받는 거 보기 싫어요. 벌 그만 받았으면 좋겠어요."

선생님이 한숨을 길게 내쉬었다.

"명환이한테 맞아서 괴롭고, 욕 들어서 괴롭고, 명환이 벌 받는 거 보니까 또 괴롭고. 아이고 솔이, 어쩌면 좋냐. 내가 미안하다."

"이건 선생님하고 상관없는 일이에요."

솔이가 대답했다. 선생님이 또다시 한숨을 쉬었다. 일령이랑 몇몇 아이들도 한숨을 쉬었다. 교실이 한숨으로 가득 찬 것 같았다.

"어떤 사람이 길을 갔대. 차 안 타고 그냥 걸어서."

선생님이 착 가라앉은 목소리로 옛날이야기를 시작했다.

"가다가 길 한가운데에서 사과처럼 생긴 조그마한 물건을 보았어. 요까짓 것, 하면서 걷어차니까 이게 수박만 하게 커지네. 화를 내며 쇠막대기로 때리니까 또 커지고, 때리니까 또 커지고."

아이들이 한마디씩 했다.

"이슬이와 나도 처음에 상대방 종이에다 시작한 낙서가 점점 커졌어요. 싸움도 작은 싸움에서 화가 나서 점점 커져요."

"장발장도 다른 사람이 믿어 주지 않으니까 점점 나쁘게 되었어요."

"먹으면 먹을수록 뚱뚱해지고, 뚱뚱해지니까 점점 더 먹게 되는 사람이 있어요."

선생님이 하던 이야기를 이어 갔다.

"붉으락푸르락 자꾸 커지다가 산만큼 커져서 깔려 죽을 지경이 되었대. 이때 선녀가 나타나서 토닥토닥 노래 부르며 어루만지니까 점점 작아지기 시작하더래. 나중에는 사과만큼 작아져서 길바닥에 툭 떨어졌대."

"그 사과 먹었어요?"

일령이가 입맛을 쩝 다시며 물었다. 선생님이 대답 대신 내 얘기를 꺼냈다.

"명환이, 그만 봐주면 안 될까?"

내 귀가 번쩍 뜨였다. 내 눈이 커졌다.

아이들이 반대했다.

"우린 선녀가 아니에요."

"명환이한테 맞아서 우리들 화가 커진 거예요."

"우리 반 모두가 사과라고요."

"한번 정한 규칙을 어기면 점점 더 어기게 되어서 규칙이란 게 아예 필요 없게 돼요."

내 눈이 다시 희미해졌다. 선생님이 다시 부탁했다.

"요번 한 번만."

아이들이 반대했다.

"안 돼요. 절대로."

"명환이, 정말 반성하고 있어. 눈빛이 이제 절대 남 공격 안 해야지, 이런 눈빛이잖아. 내가 책임질게."

"지난번에도 그런 눈빛이라고 했는데, 다음 날 바로 공격했잖아요."

"명환이가 없으니까 우리 반이 축구를 못 이겨서 그래."

남자들은 봐주자 한다. 하지만 여자들은 절대 안 된다 한다.

"안 돼요!"

선생님이 우는소리를 하며 애원했다.

"봐주자."

"안 된다니까요!"

"제발."

"그럼 선생님이 대신 맞으세요."

"내가?"

돌아서며 엉덩이를 내민다.

"그래, 때려. 그런데 몇 대?"

3+9니까 열두 대 맞아야 하는데, 내가 3일 벌 받았으니까 이제 아홉 대 남았다고 한다.

"때려!"

솔이 빼고, 여자들이 우르르 칠판 앞으로 나갔다. 남자 중에 유안이도 나갔다. 선생님이 신발 벗고 책상 위에 올라가 엎드렸다.

"진짜로 때릴 거야?"

겁먹은 얼굴로 묻는다. 아이들이 대답 대신 손바닥에 푸우, 입김을 불어넣었다. 설마 진짜로 때릴까 생각했다. 그런데 진짜로 때렸다. 아홉 대가 아니라 무차별 폭력, 퍽퍽탁투두닥 엄청나게 세게 많이 때렸다.

"으악, 그만. 허리뼈 부러졌어!"

아프다고 소리쳤다. 책상에서 내려오더니 그대로 교실
바닥에 쓰러졌다. 어깨를 들썩들썩하며 우는 소리를 냈다. 오후
마지막 시간은 체육이지만 허리 아파서 체육 못 하겠다 하신다.
아이들이 체육 해요, 해요, 아무리 말해도 소용없었다. 체육은
교실에서 이론 수업으로, 체육 시험지를 푼다고 했다. 허리가
부러져서 어쩔 수 없다며.

"일어나요."

"엄살부리는 거 다 알아요."

아이들이 양쪽에서 두 팔을 잡고 일으켰다. 선생님이 겨우
중심을 잡고 서더니 절뚝거리고 눈알 뒤집고 혓바닥 내밀고
헐헐거리며 바보 천치처럼 몇 발짝 걸었다. 곧 다시 주저앉았다.
안마를 한다, 허리를 주무른다, 어쩐다 아이들이 몰려가서
야단을 떨었지만 다 소용없었다.

"이제 안 때릴 테니까 제발 나아요."

"얼른 체육 해요."

"쌤을 씨게 때린 사람 누구야?"

"너잖아."

"난 아니야. 난 살짝 때렸는데."

자기들끼리 다툰다.

"명환이 심술보는 어떻게 해야 작아질까. 노래를 불러 줄 수도 없고. 방법을 찾으면 허리가 나을 것도 같은데…."

선생님이 허리 문지르며 겨우 몸을 일으켰다. 여자들이 아무렇게나 떠들었다.

"쟤는 못 고쳐요."

"손이 자동이라서 무조건 공격해요."

나는 어디 벽 속에 들어가 숨고 싶었다.

"수술해야 돼요."

"침 흘리는 개처럼 멀리 피하는 수밖에 없어요."

내 몸이 먼지만 하게 작아져서 안 보였으면 좋겠다.

"방법이 없구나, 없는 걸 어쩌겠나. 어쩔 수 없지."

선생님이 다시 털썩 앉았다. 풀썩 고개 떨어뜨렸다. 아무렇게나 벗어 던진 옷처럼 구겨진 것 같았다.

"저 이제… 안 때릴 거예요."

내가 조그맣게 말했다. 선생님이 내 쪽으로 고개를 돌렸다. 아이들도 내 쪽을 보았다.

"정말이라고!"

꽥 소리쳤다. 선생님이 깜짝 놀라며 몸을
일으켰다. 기우뚱기우뚱 아이들의 부축을 받으며 계단을
내려가서 체육을 하기는 했다.
내가 교실 일기장에 글을 썼다.

내가 욕을 해서
아이들이 선생님을 때렸다.
선생님이 불쌍했다.
선생님 엉덩이가 사과처럼 빨갰다.

선생님이 읽다가 일기 공책을 탁 덮으며 나한테 짜증을 냈다.
"야 인마, 빨간지 어떤지 봤어?"
헤헤 웃었다.
저녁에 할머니 감기약 사서 집에 가는 길에 선생님을 만났다.
이제 퇴근하는 길이라 한다. 갑자기 허리에 손을 대며 앓는
소리를 하신다.
"아이고 아야."
"엄살부리지 마세요. 저 이제 애들 안 때릴 거예요."
선생님이 끄덕이며 웃었다. 손을 내밀어 보라 한다. 손을

내밀었다. 내 주먹을 꾹꾹 누른다.

"마음은 알겠는데, 쉽게 고칠 수 있는 게 아니야."

"정말이에요. 그리고 스무 살 되면 취직해서 한 달에 백만 원 받을 거예요. 돈 벌어서 할머니 고생 안 시킬 거예요."

선생님 얼굴이 환해졌다.

다음 날 점심시간에는 나까지 끼워서 공을 찼다. 나는 엉덩이 맞아 준 은혜를 갚기 위해서 죽어라고 뛰었다. 이겼다. 3대2. 선생님이 펄쩍펄쩍 뛰며 기뻐했다.

자전거

오늘은 다른 날보다 두 시간은 일찍 일어났을 것이다. 하품하며 창밖을 본다. 어두운 하늘에 구름이 낮게 내려왔다.

"비가 올까? 안 오면 좋겠다."

창문 열고 손바닥을 내밀었다. 매미가 운다. 아침부터 매미가 우니까 비가 안 올 거라 믿기로 했다. 감나무에 참새가 떼로 날아와 떠든다. "째래랙째잭 비 와? 안 와? 안 온다니까 째잭" 하는 것 같다. 아침에 참새가 울면 비 안 온다는 말을 어디선가 들은 것도 같다. 내 입꼬리가 쭉 올라갔다.

하루 전, 그러니까 어제 아침에 선생님이 학교에 빨간색 자전거를 끌고 와서는 신발장 앞에 척 세워 놓았다.

"이건 이제부터 명환이 거야. 선생님 아들이 타던 건데, 다 커서 이젠 안 타."

내 입이 저절로 벌어졌다. 내 자전거가 망가져서 며칠째 동생 자전거 뒤를 쫓아 뛰었는데 선생님이 그걸 보았나 보다. 나는 손을 앞으로 내밀고 조심스레 다가가서 자전거 안장을 툭툭 건드려 보았다.

"소리 좋아요."

소매로 자전거 안장에 묻은 빗물을 닦으며 선생님 얼굴을 올려보았다.

"이거 정말 제가 타도 돼요?"

"응. 그런데 오늘은 비가 오니까 안 돼. 내일부터 타."

비 와도 괜찮은데, 생각했다. 하지만 선생님이 내일부터 타라고 했으니까 하루만 참기로 했다.

"할머니, 빨리 일어나. 나 밥 줘. 오늘 학교 일찍 갈 거야."

나는 창문을 소리 나게 닫으며 소리쳤다. 밥 먹으라고 깨워도 안 일어나던 녀석이 오늘은 어쩐 일이냐 중얼거리며 할머니가 부엌으로 나왔다. 양말 한 짝은 손에 들고 한쪽 발에만 양말을 신었다. 나는 내 손으로 밥과 김치를 식탁에 올려놓았다.

"동생! 밥!"

동생이 하품하며 부엌으로 왔다.

"달걀부치미 해 줄게 좀만 있어라이."

할머니가 가스레인지에 프라이팬을 올려놓았다.

"아니야, 나 달걀부침 안 먹어. 빨리 가야 돼."

할머니가 자리에 앉기도 전에 나는 밥그릇 비우고 숟가락 놓고 후다닥 일어났다. 동생도 입속에 밥을 우물거리며 일어섰다.

책가방 덜렁 메고 집을 나섰다. 동생도 서둘러 가방 메고
자전거 타고 내 뒤를 따랐다. 뒤처졌던 동생이 금방 나를
앞질렀다.

"동생, 같이 가."

"얼렁 와."

동생이 엉덩이 삐딱삐딱 페달 밟으며 저만치 간다. 어제까지는
그냥 끌다가 타다가 하며 내 발걸음에 맞춰 가던 자전거였다.
내 자전거가 새로 생긴다는 말에 동생은 이제 미안한 마음이
없어졌나 보다.

"나무야, 안녕. 새들아, 안녕."

나는 바쁘게 걸으면서 나무랑 새한테 인사를 건넸다. 은행나무
옆으로 지연이네 할머니가 구부정하게 걷는다. 두 손에 든
보따리가 불룩하다.

"할머니, 미나리 팔러 가세요? 못 들어 드려서 죄송해요. 전
오늘 학교 빨리 가야 되거든요."

지연이네 할머니는 말만 들어도 고맙다고, 어여 가라
손짓한다. 할머니는 내가 인사할 때마다 꼬박꼬박 받아 주신다.
어제저녁 논둑길 옆 도랑에 쪼그려 앉아 있을 때도 내가 "할머니,
미나리 뜯으세요? 저도 잘 뜯어요. 도와 드릴까요?" 인사하니까

같이 인사를 해 주셨다.

지연이네 할머니랑 다른 할머니들은 나와 동생을 보면 우리
몰래 뒤에서 눈시울을 붉히는 것 같다. 나 들으라고 하는 말은
아니지만, 어떨 때는 할머니들끼리 주고받는 말이 내 귀에
스치기도 한다.

"어째 말하는 것까지 저리 즈이 아버지를 꼭 닮았너…."

"희유, 왜 나이 많은 우리덜은 안 데려가고 멀쩡한 젊은이덜만
데려가는지…."

내가 어릴 때, 세 살 때까지는 아버지가 있었다고 한다.
아버지는 옆집 개도 찾아 주고 할머니들 보따리도 잘 들어
줬다고 한다.

선생님이 학교 문간에 세워 놓은 빨간색 자전거는 어제 그
자리에 그대로 있었다. 나는 쉬는 시간마다 문간을 들락거리며
자전거가 잘 있는지 보러 다녔다. 하루가 길었다. 점심시간도
지루했다. 이제 오후 두 시간만 마치면 끝이다.

5, 6교시는 미술. 내가 사는 마을을 그리는 시간이다. 선생님은
교무실 다녀온다며 밖으로 나갔다. 나는 책가방에서 크레파스를
꺼내 왼쪽 팔로 감쌌다. 그중에 나무색 한 개를 꺼내 손에 쥐고

집 둘레 나무와 시멘트 담의 테두리를 스케치했다. 옆에 앉은 다정이가 그림 그리다 말고 흘깃 본다.

"너는 처음부터 진한 색으로 스케치해? 그게 더 좋아?"

고개 끄덕였다.

"뭘 그리는데?"

"나무랑 집. 우리 집 뒤에 큰 감나무가 있거든. 거기 맨날 참새가 날아와서 똥 눠."

다정이가 자기 색연필을 내 쪽으로 밀며 말했다.

"너 이거 써도 돼."

칼로 깎아서 쓰는 50색 색연필이다. 나는 고개 저었다.

"내 꺼도 잘 그려지는데."

"배경은 물감으로 칠할 거지? 물통 같이 쓸까?"

고개 끄덕였다. 뒤에 앉은 민우가 "그만하라고!" 하며 벌떡 일어섰다. 아까부터 그림 안 그리고 상훈이랑 붙어 앉아 말장난하더니, 서로 감정이 상했나 보다. 발을 쿵쿵, 뭐라 뭐라 욕을 하며 책상 사이를 지나다가 내 팔꿈치를 건드렸다. 그 바람에 크레파스가 밀려 떨어졌다.

"어어, 내 크레파스!"

나는 떨어진 크레파스를 주우려고 엎드렸다. 바닥에 흩어진 내 크레파스 사이로 민우가 어정쩡하게 섰다.

"저리 가. 밟잖아!"

크레파스를 주우며 민우 다리를 손등으로 밀었다. 민우가
갑자기 짜증을 냈다.

"내가 일부러 그랬냐? 너 싸우고 싶냐?"

"아니. 싸우면 당연히 네가 이기지 인마."

나는 우리 할머니 말대로 착한 사람이니까 싸울 생각이 없다.
그렇지만 크레파스 줍는 데 방해가 돼서 "좀 비켜 봐" 하며 민우
다리를 한 번 더 밀었다.

"에이 씨."

민우가 크레파스 주워 담고 있던 내 손목을 확 잡아챘다. 내
보물 1호인 크레파스가 마구 흩어졌다.

"어어 내 크레파스, 야 새꺄 다 부러졌잖아."

흩어진 크레파스를 주우며 나도 모르게 울음이 터질 뻔했다.

"내 크레파스, 내 크레파스."

그날 집 마루에서 마지막으로 할머니와 엄마는 큰 소리를 내며
다투었다.

"그래, 나가라 이년아. 나가!"

할머니는 엄마 핸드백이랑 가방을 마당으로 내던졌다. 옷이며
신발이며 그동안 쓰던 물건도 마구 팽개쳤다. 그중에는 엄마가
나한테 입학 선물로 주려고 산 크레파스도 있었다. 그날 엄마는
집을 나갔고, 나는 마당에 팽개쳐진 크레파스를 주워 책가방
안쪽에 간직했다. 할머니는 울면서 앨범에 있는 엄마 사진을
끄집어내 가위로 잘랐다.

내가 일곱 살 때 겨울에 일어난 일이다. 그 뒤로 엄마는 내
꿈속에서만 가끔 나타나 내 눈물을 닦아 주었다. 꿈에 본 엄마
얼굴은 고생을 해서 더 많이 말랐다.

"내 크레파스, 내 크레파스."

나는 손이 벌벌 떨리고 눈앞에 보이는 게 없었다. 벌떡
일어나서 민우를 향해 덤벼들었다. 민우가 저만큼 뒤로
물러났다가 다시 내 쪽으로 다가왔다. 일령이가 배를 내밀며 그
앞을 가로막았다. 민우는 손가락을 자기 귀 쪽에 대고 빙글빙글
돌리며 자리에 앉았다. 내 머리가 돌았다는 표시다. 나는 두
다리에 힘이 풀려 교실 바닥에 주저앉았다. 그러모은 크레파스
위에 엎드렸다. 숨이 훅훅 들어가며 어깨가 들썩거렸다.

"왜 그래?"

교실 문을 들어서는 선생님 목소리다. 엎드려 울고 있는 내 쪽으로 다가와서 큰 소리로 물었다가, 다시 목소리를 작게 해서 물었다.

"무슨 일이야?"

아이들이 한마디씩 했다.

"몰라요. 괜히 자기 혼자 저러는 거예요."

"민우는 실수로 크레파스를 떨어뜨린 건데, 명환이가 갑자기 밀었어요."

"그건 민우가 밟을까 봐 그런 거지."

일령이 빼고 내 편을 들어 주는 아이는 없다. 선생님이 한숨 쉬듯 말했다.

"울며 울며 혼자서 쓸어 담게 해야 하나. 그리고…."

더 말을 하려다가 멈췄다.

"그래, 둘 다 속상했겠네. 서로 양보하며 사이좋게 지내야지."

선생님이 내 어깨를 잡아 일으켰다. 나는 마지못해 자리에 앉아 엎드렸다. 여전히 나오는 눈물을 참으며 훌쩍거렸다. 아이들이 책상 줄 맞추는 소리, 내 크레파스 담아 주는 소리, 저벅저벅 창가로 걸어가는 선생님 발자국 소리가 들렸다.

"금방 쏟아지겠는데…. 우산 안 가지고 왔지? 오늘 청소는

나 혼자 할 테니까 니들은 얼른 집에 가. 비 맞지 말고. 차 조심하고."

아이들이 웅성웅성 교실을 빠져나갔다. 이제 아무도 보는 사람이 없을 것 같아 슬그머니 얼굴을 들었다. 책가방 싸고 자리에서 일어나는데 선생님이 불렀다.

"명환아."

선생님이 손수건으로 내 눈물을 닦아 주고 손으로 내 머리를 쓰다듬었다.

"울면 안 돼. 울면 지는 거야."

내 어깨는 여전히 들썩거렸다.

"왜 싸웠어?"

"…."

"민우가 때렸어?"

나는 고개 숙인 채 가로저었다. 작은 목소리로 대답했다.

"나는 집을 그리고 있었는데…. 그런데 내가 먼저 욕했어요. 민우 잘못 없어요. 그리고…."

또 눈물이 나오려 한다. 선생님이 어깨를 툭툭 다독였다.

"그래, 그럴 수도 있지. 그래도 참을 수 있는 데까지 참아. 명환이가 조금 더 참아. 알았지? 참을 수 있지?"

"예."

"그만 일어서자. 집에 가야지."

나는 눈물을 참으려고 일부러 눈 크게 뜨고 교실 문 쪽으로 걸어갔다. 문 열고 나갔다가 다시 얼굴을 안으로 들이밀며 조그맣게 말을 꺼냈다.

"저기… 선생님…."

"왜?"

"자전거…."

"자전거? 그건 어제부터 너 거잖아."

갑자기 눈앞이 환해졌다. 나도 모르게 펄쩍 뛰었다. 후닥닥 뛰어갔다. 빈 복도를 뛰는 내 발자국 소리가 텅텅 울렸다. 선생님이 창문 열고 소리친다.

"명환아, 비 오잖아. 내일 타고 가!"

"괜찮아요, 시원해요."

굵은 빗방울들이 내 눈물을 다 씻어 냈다.

"차 조심하고. 눈 크게 뜨고 앞만 봐."

"걱정 마세요. 안녕히 계세요."

머리에서 얼굴로 줄줄 흐르는 빗물을 팔뚝으로 닦아 내며 페달을 밟다가 2층 창문을 올려보며 소리쳤다.

"선생님, 아까는 죄송했어요. 이제부터 안 싸울 거예요!"

나는 내가 얼마나 씩씩한지, 그리고 얼마나 자전거를 잘 타는지 보여 주려고 엉덩이 들고 페달을 신나게 밟았다. 창문으로 내다보는 선생님한테 한 번 더 손짓하고 빗속으로 달려갔다.

한 아이를 바라보는 눈길

그 아이는 작년 담임한테도 미운 아이였을 것이고, 재작년에도, 그보다 더 어렸을 때도 미운 아이였을 것이다. 아기 때는 부모의 사랑이 적었을 것이다. 엄마의 무릎에 앉아 재미있는 이야기를 들어 보지 못했을 것이고, 엄마와 눈 맞추며 그림책을 읽어 보지 못했을 것이다. 토닥토닥 자장가 들으며 잠들지 못했을 것이고, 혼자 있는 시간이 많았을 것이다. 사랑보다는 미워하고 미움받는 것에 익숙해졌을 것이다. 아이는 앞으로 또 다른 공간에서도 미운 사람일 것이다. 밉고 욕심 많고 모나고 징징거리기 때문이다.

그 아이는 몸 바깥에 있는 온갖 것에 반응하고 의심하고 움켜쥐며 채울 수 없는 것을 채우려 들 것이다. 손에 쥔 것을 안 놓치는 법, 남에게 지지 않는 법, 자신에게 와닿는 눈길의 느낌 따위에 민감하게 반응할 것이다. 봄 땅에 삐죽삐죽 돋아나는 풀싹을 누구보다 먼저 찾아낼 것이다. 전봇대 밑에 마른 개똥 세 덩어리를 볼 줄 알고, 마른 풀잎 흔드는 바람 소리를 들을 줄 알고, 이른 봄 골짜기 눈 녹아 흐르는 물의 차가움을 알 것이다. 먹이를 낚아채는 야생동물처럼 한순간의 기회를 안 놓치려 온몸이 팽팽해지기도 할 것이다.

생명력은 잘 가꾸어 놓은 꽃길에만 있는 것 아니다. 듬뿍 사랑받고 자란

몸에만 있는 것 아니다. 아무렇게나 돋아나는 풀밭에도 꿈틀거리는 생명력이 있다. 초라함, 서투름, 어두움, 상처투성이 몸에도 생명력이 있고 살아 있는 표현이 있다. 그 아이의 가슴은 누구보다 강력한 생명력으로 꿈틀거릴 것이다. 그 아이의 눈과 귀는 누구보다 날카롭게 받아들이고 날카롭게 표현할 것이다.

"저 아이는 어때" 하고 가리키는 손가락 끝에는 이미 그 아이가 없다. 어른이 규정하는 그 어떤 아이는 세상에 없다. 마른 개똥을 보는 아이, 풀싹을 찾아내는 아이가 있을 뿐이다. 아이가 "여기" 하고 가리키는 곳, 한순간 반짝 빛나는 그곳에 그 아이가 있다. "네가 그것을 보는 아이였구나" 하며 보아주는 곳에 그 아이가 있다.

누군가 지켜보는 눈, 응원. 그것으로 아이는 일어선다. 나아간다. 이것보다 큰 사랑이 어디 있을까.

검은빛 슬리퍼

"내빈 실내화, 이제부턴 안 됩니다."

선생님이 딱딱한 얼굴로 말했다. 어제 교직원 회의 시간에
교장 선생님이 입에 거품을 물고는 앉아 있던 의자에서 펄펄
뛰어올랐다고 한다. 현관에 놓은 내빈용 실내화가 자꾸 사라져서
왜 그런가 조사해 보니 6학년들이 하나씩 맡아 끌고 다니더라고,
이게 도대체 말이 되는 학교냐면서. 내 생각으로는 말이 되는
학교 같다. 6학년은 우리 학교에서 특별하니까 내빈이나
마찬가지 아닐까. 아, 치사하다.

신고 다니던 실내화는 없어졌다. 나만 잃어버린 게 아니다.
명환이도 잃어버렸다. 그리고 우리 학교에서 잃어버린 사람이 또
있을지도 모른다. 아이들 말로는 누군가 장난치느라 숨겼을 거라
하는데, 아니다. 나는 개를 의심한다. 그날 아침 신발장 바닥에
찍힌 낯선 발자국, 그건 사람 발자국이 아니다.

"개가 훔쳐 갔어. 정말이라니까."

그러나 내 말을 믿어 주는 사람은 없다. 상훈이는 개소리
말라며 내 쪽을 향해 "아우우 웍웍" 개 짖는 소리를 냈다.

남아 있는 실내화 한 짝만 신고, 다른 발은 맨발로 다닐까
생각해 보았지만 걸을 때 균형이 안 맞을 것 같아 그만두었다.
그렇다고 초딩 생활 마지막인데 새로 사는 건 돈 낭비고. 다른

사람은 몰라도 나는 실내화 안 사고 끝까지 버텨 볼 작정이다. 이건 6학년의 마지막 자존심이 걸린 문제니까.

오후에 교실 전화가 울렸다. 선생님이 받았다.

"네? 예예. 죄송합니다."

전화기 내려놓으며 한숨을 내쉰다.

"영양사 선생님 전화야. 6학년 남자들이 맨발로 급식소에 들어와서 밥 먹는다고, 위생 문제도 있고, 보기도 싫대."

실내화도 신지 말라 하고, 맨발도 안 된다 하고. 그럼 밥을 먹지 말라는 것인지.

"맨발로 다니면 발바닥을 자극해서 뇌 건강에 좋대요."

하얀색 실내화 신은 영지가 남자들 편을 들어 주었다.

"맨발이 좋기야 하지. 그런데 남들이 싫다는데 어쩌냐. 맨발로 밥 먹는 게 꼴 보기 싫다는데."

선생님이 남 핑계를 댔다.

왜 어른들은 우리가 하는 일마다 눈에 거슬릴까. 난 이게 불만스럽다. 무거운 내가 발 없는 먼지나 구름이 될 수는 없는데.

다음 날 아침, 발이 바닥에 닿지 않게 하려고 두 다리를 달달달 들고 버티는데 명환이가 어디서 슬리퍼 두 켤레를 찾아냈다. 작년 6학년 졸업생이 신던 실내화일 거라고 한다. 하나는 자기가 신고, 하나는 나를 준다. 하지만 나에게 준 그 슬리퍼는 어린이들의 마음을 자극하는 핑크색이었다.

"오, 역시 남자는 핑크지. 너한테 딱 어울려."

선생님이 웃으며 말했지만 나는 핑크가 싫다. 6학년의 마지막 자존심이 걸린 문제다. 이걸 어찌할까 생각하는데, 명환이가 기발한 생각을 해냈다. 바로 변신을 시키는 것이다.

나는 교실 바닥에 신문지 깔고, 핑크 슬리퍼를 그 위에 놓고 예술혼을 불태우기 시작했다. 붓을 들고 검은색 포스터물감을 톡톡 찍어서 핑크핑크한 슬리퍼에 묻혔다. 붓이 슥 지날 때마다 핑크색 몸이 자부심 있는 검정의 몸으로 변해 갔다. 슥 지나가고, 슥 지나가고, 마지막으로 한 번 더 슥 지나가고. 핑크에서 검정으로 완벽 변신. 처음에는 뭐 이런 멍청한 짓을 해야 하나 싶었다. 그런데 칠하고 보니 슬리퍼가 원래부터 검정색 슬리퍼인 것처럼 자연스러웠다. 완벽했다.

포스터물감 뚜껑 달아 제자리에 놓고, 붓 빨아 통에 넣고, 검게 칠한 실내화 두 짝은 햇볕 잘 드는 창가에 세워 두고, 손 깨끗이 씻고, 그리고는 단정하게 앉아 수학책을 폈다.

점심시간, 아이들이 식당으로 달려갔다. 나는 아직 맨발인데, 굶어야겠지. 움푹 꺼진 배를 움켜 안고 창가에 가서 신발을 만져

보았다. 오, 신이 신을 도와준 걸까? 다 말랐다. 그리하여서 나는
검은 슬리퍼를 신고 당당한 걸음으로 밥 먹으러 갔다.

자리에 앉아 밥을 먹는데 톡톡, 누가 내 어깨를 건드렸다.

"일령, 저게 무슨 자국일까?"

나는 감자탕 뼈에서 살 발라내던 젓가락질을 멈추고 선생님이
손가락으로 가리키는 쪽을 보았다. 무슨 동물 흔적 같다.
너구리는 아니고, 개 발자국도 아니고…. 급식소 문 앞부터
점점이 찍힌 검은 자국이 한 줄로 폭폭폭폭 이어지다가 지금
내가 앉아 밥 먹는 식탁 밑으로 쪼르르 들어왔다. 발을 들어서 내
실내화 밑바닥을 살펴보았다.

'앗, 포스터물감의 배신.'

슬리퍼 몸을 감쌌던 검정 물감이 물기에 닿아 녹으면서 바닥을
폭폭폭 찍은 검은 발자국으로 변신한 것이다. 슬프게도 내
슬리퍼는 핑크와 검정이 뒤섞인 얼룩이가 되어 버렸고.

나는 살며시 두 다리 들어 올리고 영양사님 쪽을 힐끗 살폈다.
다행스럽게도 영양사, 조리사님들한테서는 별다른 눈치가
없다. 식판에 아이들 밥이랑 감자탕 국물 담아 주느라 바빠서
못 봤는지, 알면서도 모르는 척인지. 밥은 다 먹었는데, 어떻게
해야 할지 모르겠다. 이대로 식판 들고 나가면 또 검은 발자국을

남길 테고, 그렇다고 맨발로 갈 수도 없고, 날개도 없고. 벌떡
일어서지 못하고 쭈뼛쭈뼛 앉은 자리를 지켰다.

"이거 신어."

선생님이 신던 실내화를 벗어서 나한테 준다. 나는 선생님이
벗어 준 황토색 슬리퍼를 발에 꿰고 일어섰다. 한 손에 빈 식판
들고, 한 손에 얼룩이 실내화를 들어 뒤춤에 감추고, 살금살금
살살 무사히 급식소 식당을 빠져나갔다.

걸레 빨아서 다시 급식소로 가는데 친구들이 파란 걸레 하나씩
손에 쥐고 나를 따라나섰다. 사람들 많은 곳에서 나 혼자 청소하게
두면 오히려 자기네가 쪽팔린다나 어쩐다나 떠들어 대면서.
하여튼 의리는 있어 가지고. 나랑 친구들은 급식소 바닥에
엎드려서 아무렇게나 지어낸 노래를 흥얼거리며 신나게 닦았다.

"핑크빛 슬리퍼 핑크빛 슬리퍼 쪽팔려서 검은색으로 칠한다.
쫘악쫘악 변신…."

4학년 지연이가 못 볼 걸 봤다는 듯 밥 먹던 숟가락으로 한쪽
눈을 가리며 "오빠들 왜 저래요?" 묻는다.

"와, 6학년 오빠들 착하다. 급식소 선생님 고생하신다고 바닥
청소하네. 동생들은 좀 본받아라."

선생님이 자랑하듯 떠벌리는 말을 듣고 우리는 바로 급식소를

빠져나왔다. 창피한 건 아니었다.

　다음 날 아침, 선생님이 내 손에 뭔가를 건넸다. 귀한
물건이라고, 어떤 조건에서도 안 지워지는 특수 물감이라 한다.

　"조심조심, 얼굴에 튀면 우린 석탄 캐러 가야 돼."

　나랑 명환이는 흐트러짐 없이 앉아서 정확하게 칠했다.
온몸의 정신을 붓끝에 모았다. 붓이 한 번 지날 때마다 얼룩졌던
실내화의 자존심이 되살아나기 시작했다. 슥 지나가고, 슥
지나가고, 얼룩이에서 검정으로 완벽 변신.

　변신 실내화 두 짝은 아이들의 눈길을 한 몸에 받으며 교실
바닥에서 창가로 조심조심 옮겨졌다. 볕 들어오는 창가에
비스듬히 누운 채 태양의 정기를 흠뻑 빨아들였다. 반짝반짝
빛이 생겼다. 표면에 내 모습이 어른거렸다. 눈부셨다.

　새롭게 탄생한 검은빛 슬리퍼를 신으니 내 몸이 가볍다.
뒤꿈치에서 불을 뿜는 것처럼 걸음이 날쌔졌다. 아이들이 신비한
슬리퍼 한 번만 신어 보겠다며 내 앞으로 줄을 섰다.

　맨 앞에 선 환영이에게 검은빛 슬리퍼를 넘겼다. 슬리퍼
신은 환영이가 펄쩍 뛰어오르더니 "정의의 칼을 받아라, 이얍!"
외쳤다. 슬리퍼는 상훈이한테 넘어갔다. 상훈이가 서너 발자국
걷더니 종이 막대기를 지팡이처럼 짚고 서서 "나의 죽음을

알리지 마라, 으헉!" 쓰러졌다. 여자아이들이 유치하다며 비웃었지만, 괜찮다. 마음 없이 듣는 사람한테는 영웅들의 파란만장한 이야기도 유치하게 들리는 법이니까.

국어 시간에는 검은빛 슬리퍼 신은 독립군 소년이 적을 물리치는 연극을 만들었고, 음악 시간에는 '검은빛 슬리퍼' 노래를 만들어서 불렀다. 점심시간에는 검은빛 슬리퍼를 신고 검은 발자국이 아닌 아름답고 위대한 발걸음으로 저벅저벅 걸어 들어가 급식소 자리에 앉아 밥을 먹었다.

핑크빛 슬리퍼 핑크빛 슬리퍼
쪽팔려서 검은색으로 칠한다.
쫘악 쫘악 변신
역시 남자는 검은색 검은색이지.

검은빛 슬리퍼 검은빛 슬리퍼
걸어가서 흔적을 남긴다.
하나둘셋넷 발자국 검은 발자국
평화로운 학교에 검은 발자국
발자국도 모두 예쁜 검은 발자국

교실은 이야기가 자라는 곳

사람들이 자연에서 농사짓고 소 키우며 살아가던 시절에는 세상 모든 곳이 이야기 자리였다. 골짜기마다 언덕마다 늙은 나무 이야기, 여우 이야기, 미륵바위 전설 따위가 생겨났고 이어졌다. 저녁이면 한자리에 모여 이야기꽃을 피웠다.

세상이 바뀌어 자연에서 일하며 살던 시절은 끝났고, 이야기의 샘은 끊어졌다. 하지만 사람이 모이고 이야기가 샘솟는 곳이 있다. 학교 교실이다.

교실은 이야기가 생겨나고 자라고 꽃피는 곳이다. 자연 속에서 이야기와 함께 삶을 꾸렸던 어른들의 옛이야기와 마찬가지로, 아이들은 새로운 이야기를 만들어 내고 그 속에서 살아간다. 학교의 모든 곳이 이야기 자리다. 학교생활의 모든 것이 이야기 씨앗이다. 해바라기 씨앗 묻어 놓고 꽃을 기다리는 것, 창밖을 내다보며 친구를 기다리는 것, 개 발에 매니큐어를 칠하는 것…. 어제는 목련꽃 봉오리를 보며 이야기가 생겼고, 오늘은 분홍빛 슬리퍼 덕분에 이야기가 생겼다.

'지금 여기가 이야기 자리, 지금 이 순간이 이야기의 씨앗'이라고 짚어 보는 시간이 있으면 어떨까. 글쓰기 시간이든 말하기 시간이든. 아이들은 이야기의 자리 한복판에서 생각할 것이다. 지금 나는 이야기 속의 어디쯤에

있는지, 어떻게 움직이고 어떻게 흘러가야 아름다울지를.

분홍색 슬리퍼를 부끄러워한 남자아이가 선택한 것은 검은색 수성 물감이었다. 아이의 선택이 그 무엇이더라도 상관없다. 수성 물감이 물에 풀어진다는 것을 미처 몰랐다는 것도 선택이다. 아이의 선택을 막았다면 아이는 급식소 바닥에 검은 발자국을 남기는 실수 따위는 하지 않았겠지. 참 다행일 수도 있겠지만 아이의 이야기는 거기서 멈춰 버렸을 것이다. 자신의 선택을 통해 자유롭게 벗어 나가려는 의지 또한 막혔을 것이다.

"수성은 물에 녹아" 하는 어른의 가르침은 고맙지 않다. 벌린 입에 거저 넣어 주는 공부, 겪어 보지 않고 얻은 지식 따위는 내 것 아니다. 자신이 선택하고, 선택에 의해 생겨나는 과정과 결과라야 내 것이다. 옛이야기 속의 주인공처럼 아이는 자신의 선택 때문에 고난을 겪기도 했지만, 그 선택 덕분에 친구들의 우정과 의리, 그리고 노래와 놀이가 함께했다. 선택 덕분에 자기 이야기를 밀고 나갈 수 있었고, 선택 덕분에 자신이 일구어 나간 이야기의 주인이 되었다.

급식소 바닥에 검은 발자국을 남긴 아이가 졸업식 무대에서 졸업 인사말을 했다. 6년 학교 다니는 동안 가장 기억에 남는 일이 슬리퍼 사건이었다고. "앞으로 저는 검은 발자국이 아닌, 아름다운 발자국을 남기며 살아가는 사람이 되겠습니다" 하며 꾸벅 인사했다.

산개구리 호르르르

"봄이다!" 하며 선생님이 두 팔을 활짝 폈다.

"봄을 써 보세요. 여러분의 몸이 만난 봄."

나는 연필 쥐고 옹크리고 앉아 뭘 쓸까 생각했다.

솔이가 "저 잠이 와요. 어젯밤 빗소리 때문에 잠을 못 잤어요" 하며 엎드린다.

"오, 멋진 봄! 솔이 잠 깰라, 모두 조용히."

선생님이 입술에 손을 대고 작은 소리로 이쪽저쪽 쉿, 쉿, 했다.

"저도 잠이 와요. 그놈의 똥개가 얼마나 짖어 대는지."

상훈이가 엎드리려 하자 선생님이 "그건 표절" 하며 고개를 저었다. 상훈이가 투덜투덜 식식거렸다. 민우가 연필 들고 밖으로 나가며 말했다.

"저는 못 만났어요. 지금 밖에 가서 보고 올게요."

상훈이가 "저도 본 게 없어요. 밖에 나가 찾아볼라구요" 하며 뒤따라 나갔다.

밖에 나가 찾을 게 뭐 있나. 지금 여기서 한쪽 눈 감고도 보이는데. 머리 위에 형광등 있고, 창문으로 햇빛 들어오고, 또도도독 연필 움직이는 소리, 솔이는 가만히 엎드렸고. 어제저녁 산개구리가 물도랑에서 울었고, 오늘 아침 학교 담

너머 백사장으로 갈매기들이 발맞추어 걸어갔고, 운동장에 잔디가 새파랗게 돋아나고, 버드나무는 연둣빛 물이 오르고, 소나무 숲 위로 까마귀 두 마리 날아갔고…. 내 눈에 담긴 장면과 이야기들이 서로 자기를 골라 달라며 다투었다.

'어떻게 해야 하나, 지금 이 자리에서는 하나밖에 못 살려 내는데.'

우물쭈물하는 사이에 시간이 다 갔다. 차례대로 자기가 만난 봄을 발표했다.

일령이가 읽었다.

"뒷산에서 캭캭 검은 새가 캭캭."

이슬이가 읽었다.

"강아지야 이리 와 이리 와. 강아지가 뒤뚱뒤뚱 온다."

하린이가 읽었다.

"떨어진 목련이 바닥에서 운다."

나도 읽었다.

"잔디가 새파랗게 돋아나고 버드나무에 연둣빛 물 오르고."

한 사람 발표가 끝날 때마다 선생님이 깜짝 놀라는 얼굴로 '오! 오!' 한다.

"오, 좋다. 봄이 여기로 다 모였네."

우리 모둠 마치고, 저쪽 모둠 발표다.

"아저씨가 경운기로 밭을 간다. 잠에서 깬 흙이 투덜투덜."

"바닥에 낮게 핀 민들레. 제힘으로 핀 꽃."

"…"

선생님이 오, 오, 마구 들뜬 목소리로 칭찬을 늘어놓았다.

"오, 여러분의 말을 듣고 있자니 내 눈앞으로 음표가 막
흘러가는 것 같아."

눈을 지그시 감고 "흠음음~ 뒷산에서어어~ 음음~
캬아아아악…" 콧노래를 흥얼거리다 말고 손가락을 딱 튕긴다.

"지금부터 노래를 만들어 보세요. 방금 쓴 글자로."

"에에?"

성격 급한 이슬이가 버럭 따졌다.

"그걸 어떻게 만들라고요!"

"나도 몰라. 모르니까 너희들보고 하라는 거지. 너네는 참 복도
많다."

말이 안 되는 소리를 하신다.

"선생님도 못 하는 걸 우리가 어떻게 해요?"

"그럼 가르쳐 줄게. 먼저, 글자를… 글자는 읽을 줄 알지?
그러니까 글자를 느리게 읽으면서 하나 둘 셋 박자를 치다가 또

빨리 읽으면서 이렇게 박자를….”

이슬이가 손을 내저었다.

“아니, 됐어요. 우리가 알아서 할게요.”

우리끼리 둘러앉아서 문장을 모으고, 한 글자씩 높은음 또는 낮은음으로 읽고, 천천히 또는 빠르게 읽고, 무릎 두드려 박자 세면서 노래를 만들었다. 하나 둘 셋 넷….

　　　뒷산에서 캭~캭

　　　검은 새가 캭~캭

　　　잔디가 새파랗~게 돋아나~고

　　　떨어진 목련은 바닥에서 운~다.

　　　강아지야 이리와 이~리와

　　　강아지가 뒤뚱뒤뚱 온~다.

오, 생각보다 쉽다. 만드는 데 3분도 안 걸렸다. 두 번 세 번 부르니 멋진 노래가 되었다. 흥얼거리다 보니 우리가 만든 노래에 점점 감정이 스며들었다.

“뒷산에서 캭~캭 검은 새가 캭~캭….”

나도 모르게 자꾸 부르게 된다.

"이 노래 중독성이 있어. 멜론에 올리자."

하린이가 노래 좋다며 촐싹거렸다.

선생님이 교실 가운데로 나섰다. 아, 아 목청 가다듬더니 손바닥을 쭈욱 올리며 감정을 잡는다.

"잔디가 새파랗~게 돋아나~고… 강아지야 이리 와 이리 와…."

우리는 밝고 경쾌한 노래를 만들었는데, 그걸 선생님이 부르니까 이상하게도 느리고 슬픈 아리랑 노래가 되어 버렸다. 봄에 무슨 슬픈 사연이 있으신지.

"이번에는 춤을 출 거야. 봄 춤."

"예에?"

노래 만드는 것까지는 참았지만 이건 심하다. 갑자기 춤이라니. 그것도 봄 춤? 그러나 못 하겠다고 하면 또 가르쳐 준다고 하겠지. 왼쪽 팔 올리고 오른쪽 귀 실룩 움직이고 무릎 굽히고 소리에 영혼을 싣고 어쩌고 하며.

"모르는 사람은 제가 다 가르쳐 주고 말겠습니다."

선생님이 엉덩이를 실룩실룩했다.

"아흐으… 에히이…."

다들 툴툴거리면서도 쭈뼛쭈뼛 일어나 대충 둘러섰다. 가르쳐

주기 전에 우리가 알아서 하는 게 그나마 덜 귀찮을 것 같다.

일령이가 먼저 나섰다. 검은빛 슬리퍼 신은 발을 힘차게 텅 내려딛으며 외친다.

"뒷산에!"

나랑 아이들이 일령이 몸짓을 따라 했다. 동작을 크게, 두 팔을 확 벌렸다가 산처럼 모으며 "뒷산에…." 하나둘셋 둘둘셋.

"캭캭!"

커다란 날개를 훨훨 저으며 앞으로 앞으로. 우리도 다 같이 캭캭, 하며 하나둘셋 둘둘셋 팔을 저어 앞으로. 일령이 다음에 내가 "잔디가 새파랗게" 하며 교실을 한 바퀴 돌았고, 하린이가 털썩 팔과 몸을 낮췄고, 이슬이가 강아지처럼 걸었다.

박자 넣어 발걸음 떼고 작게 크게 빠르게 느리게 움직이며 춤을 완성했다.

"뒷산에서 캭~캭 검은 새가 캭~캭, 잔디가 새파랗~게 돋아나~고 떨어진 목련은 바닥에서 운~다, 강아지야 이리와 이~리와…."

우리가 만든 노래를 부르며 하나둘셋 캭캭, 울어 대는 새가 되었다가 툭 떨어지는 목련이 되었다가 뒤뚱뒤뚱, 이리 오는 강아지가 되어 교실을 걷고 휘저으며 한바탕 일어서는 봄이 되었다.

자리에 앉아 숨을 가라앉혔다.

"아이고, 힘들다. 난 눈이 쏙 들어갔어."

일령이가 불룩 나온 배를 쓰다듬으며 숨을 몰아쉬었다. 체력이
넘치는 상훈이는 아직도 일어서서 헤엄을 치며 캭캭거리고 있다.

"내일 이 춤 또 춰요!"

하린이가 다리를 흔들며 강아지처럼 촐싹거렸다. 안 끼는
데 없는 선생님이 다시 나섰다. 두 팔 벌렸다가 모았다가
허우적허우적,

"잔디가 새파랗~게 돋아나~고, 얼씨고, 떨어진 목련은,
조오타… 허이."

우리가 할 때는 신나는 춤이었는데 이상하게도 선생님이
추니까 느린 아리랑 춤이다. 공중에서 엄청나게 큰 목련이
떨어지는 것처럼 두 팔 털썩 떨어뜨렸다가 이쪽으로 휘릭 고개
돌리더니

"산개구리가 입이 떨어졌던데. 산개구리 우는 소리 들었어?"

나는 산개구리 소리 들었지만, 아무것도 못 들은 척 입을
다물었다. 들었다고 하면 팔딱팔딱 개구리 춤을 추어야 할지도
모를 일이다. 성현이도 못 들었다고 했다. 성현이는 바닷가에

사니까 개구리 대신 파도 소리, 해 뜨는 소리, 갈매기 발걸음
소리만 날마다 들을 것 같다. 밀가루 포대처럼 비스듬히 누워
있던 일령이는 순진하게도 "들어 봤어요" 한다. 일령이 눈
더 들어가게 생겼네. 선생님이 산개구리 소리를 들었다는
일령이한테 한 발 다가서며 물었다.

"어떻게 울어?"

일령이가 "난 역시 천재야" 하며 턱에 손을 대고 자랑스런
얼굴로 대답했다.

"꽥꽥꽥꽥."

듣기는 들었네. 그런데 꽥꽥꽥은 요즘 우는 산개구리가
아니다. 산개구리 울고 한참 뒤에, 산개구리 올챙이가 꼬물꼬물
헤엄칠 즈음에 나타나서 울음주머니 풍선을 부풀리며 밤새 울어
대는 청개구리, 밤톨만 한 그 녀석이 꽥꽥꽥 운다.

"꽥꽥꽥은 요즘 우는 개구리 아닌데요?"

아차 하는 순간, 내가 그만 끼어들고 말았다.

"그럼 요즘엔 어떤 개구리가 우는데?"

선생님이 내 쪽으로 다가왔다. 개구리 팔딱 춤을 추라는 게
아니어서 다행이었다.

"저한테 있어요."

내가 주머니에서 휴대폰을 꺼냈다. 그저께 저녁에 우리
개 순둥이랑 산책 가다가 울음소리가 하도 반가워서 녹음한
게 있다. 녹음 버튼 누른 뒤 살금살금 물도랑에 다가갔는데,
개구리들이 귀신처럼 알고 한꺼번에 뚝 울음을 멈췄다. 도랑둑에
앉아 기다리며 보니 어두워지는 하늘 구름 밑에 순둥이랑 내가
나란히 기댄 모습이 물에 비쳤다. 물그림자를 내려다보며
'울어라, 울어라' 속으로 오십세 번을 세니까 개구리들이 다시
울기 시작했다. 그때 녹음한 걸 갖고 다녔는데, 지금이 딱 좋은
기회인 것 같다.

"성현아, 이건 너한테 주는 선물. 너 언젠가는 생일이잖아."

휴대폰 재생 버튼을 눌렀다.

"호르르 호르르르…."

산개구리 울음이 교실에 퍼졌다. 선생님이 소리에 빠진 것처럼
두 손 모으고 눈을 감았다. 아이들이 내 휴대폰 녹음기 쪽으로
귀를 바짝 세웠다.

"여러분 귀에는 어떻게 들려?"

감았던 눈을 뜨며 선생님이 물었다. 아이들이 저마다 들은
대로 소리 냈다.

"꼬르륵꼬르륵이요."

"깨구륵 쩝쩝."

"깨르륵 깨르륵."

"꾸구국 꾸구국."

"호르르르."

선생님이 손 내밀어 "하나 둘 셋" 박자를 저었다. 아이들이 한꺼번에 소리를 냈고, 교실은 산개구리 교실이 되었다.

"깨르륵 깨르륵 호르르르르 꾸구국 꾹….

박자 젓기를 마쳤다. 뒤로 돌아서 아무도 없는 관중석을 향해 꾸벅 인사한 뒤 다시 돌아서서 우리 쪽을 보며 묻는다.

"개구리가 무얼 먹고 살까?"

"파리요."

"애벌레."

"짜장면 후루룩."

이건 누구나 아는 문제라 생각거리가 안 된다.

"그럼 아, 입 크게 벌려. 눈 꾹 감고."

"예에?"

아이들이 눈 크게 벌리고 입 꾹 닫았다. 여자아이들은 아예 두 손으로 자기 입을 틀어막았다.

"안 먹고 싶은 사람은 말고. 그래도 눈은 감으세요."

용기 있는 몇몇만 입을 벌렸다. 나도 눈 감고 입을 벌렸다.
선생님이 설마 사람 입에 파리를 넣어 주지는 않을 테니까.

"파리는 아니겠지요?"

보나 마나 사탕이나 과자가 들어올 것으로 예상했다.

벌린 입마다 뭔가를 넣었다. 내 입속에도 뭔가가 톡 들어왔다.
사탕은 아니다.

"오늘 아침에 꺾은 나뭇가지인데, 무슨 맛이 나?"

실망한 아이들이 대답했다.

"맛없는 맛이요."

"맹맛."

"삶은 행주 맛."

"화장품."

"매운맛."

나는 알 것 같다. 이름은 생각 안 나는데, 산에 녹다 만 눈이
희끗희끗 있을 때 피는 그 꽃, 그 나무다.

"이건 노란 꽃 피는 나문데?"

나도 모르게 말이 나오고 말았다. 선생님이 끄덕였다.

"유안이 말이 맞아. 노란 꽃 피는 나무가 뒤뜰에 있거든. 가서
찾아."

신발 갈아 신고 뒤뜰 노란 꽃 피는 나무 아래로 모였다.

"이건 뭘까?"

선생님이 나무에 핀 노란 꽃을 가리켰다.

"검색해 봐도 돼요?"

내가 주머니에서 휴대폰을 꺼냈다.

"아니, 남이 붙인 이름 따위 안 중요해. 그냥 너네 맘대로 지어."

휴대폰을 도로 주머니에 넣었다.

"매운맛 나니까 고춧가루나무?"

일령이가 맘대로 대답했다. 아니다. 세상에 그런 이름은 없다. 밭에서 기르는 고추가 있고, 산에 하얀 꽃 피는 고추나무가 있지만, 고춧가루나무라는 이름은 없다. 확실하다.

"오, 맞아. 고춧가루나무!"

선생님이 손뼉을 쳤다. 엥? 아닌데.

"노란색이니까 꾀꼬리눈썹나무?"

은비가 말했다.

"그것도 맞아."

선생님이 손뼉을 쳤다. 고춧가루나무도 맞고, 꾀꼬리눈썹나무도 맞고. 말만 하면 무조건 맞단다.

"야, 그럼 이건 왕도마뱀나무야. 껍데기가 허물 벗겨지잖아."

환영이가 옆에 있는 나무를 만지며 소리쳤다.

저 나무는 내가 안다. 저건 왕도마뱀나무가 아니라 산수유나무다. 내가 정확한 이름을 알려 주려고 하는데 선생님이 산수유 줄기를 쓰다듬으며 말했다.

"맞아, 이건 왕도마뱀나무야. 이제부터 30년 동안 이 나무 이름은 왕도마뱀나무다."

명환이가 얼른 옆에 있는 다른 나무를 가리킨다.

"이건 할머니피눈물꽃이야. 고생하시는 할머니가 흘리는 눈물."

거기 새빨갛게 피어난 꽃나무 밑에 버젓이 "명자꽃"이라는 푯말이 붙었는데, 그런 거 다 무시하고 그냥 '할머니피눈물꽃'이라고 우긴다. 선생님은 보나 마나 또 맞다 하시겠지.

"오, 할머니피눈물꽃이네. 알려 줘서 고마워."

선생님이 명환이는 나무 천재라고 추켜세웠다. 나무 이름을 잘 모르니까 아무렇게나 지어내서 우겨도 다 맞다 하시는 것 같다. 알면서 일부러 모르는 척하는 것 같기도 하고.

"지금 여기는 꾀꼬리 울고 왕도마뱀이 허물 벗고 할머니가 피눈물 흘리는 자리. 지금 여기에 또 뭐가 있을까? 한 사람이 세 개씩 찾아서 얘기해 줘."

아이들이 여기저기 흩어져서 아무렇게나 이름을 지어 대기 시작했다.

"이건 돼지발풀."

"이건 알통벌레."

"눈꺼풀꽃."

"불꽃나무."

나무 이름 풀이름 지으며 돌아다니는데 창고 처마 밑에서 새 한 마리가 튀어나왔다. 꽥꽥 놀랐다며 물수제비 튕기듯, 허공에 몸을 던지듯 사라진다.

"와, 저건 위로아래로새다. 위로 아래로 날아."

다정이가 소리쳤다.

"아니, 외톨이새야. 혼자잖아."

명환이가 우겼다. 나는 안다. 직박구리다. 혼자 아니다. 떼를 지어 몰려다닐 때가 많다. 꽤엑꽥 한꺼번에 몰려와서 우리 집 밭의 배추를 쪼고 감나무의 홍시를 쪼아 사람 못 먹게 만드는 얄미운 새다. 하지만 명환이가 실망할까 봐 내가 입을 닫았다. 아무 이름이면 어때. 너네 맘대로다. 내 맘대로고. 지금 여기 이

순간은 저 새 혼자니까 외톨이새가 맞는 것 같다.

아이들이 다시 하나둘 노란 꽃 핀 생강나무로 모였다. 아니, 꾀꼬리눈썹나무 아래로 모였다.

선생님이 잠바 안주머니에 손을 넣더니 연분홍 꽃 뭉치를 꺼냈다.

"요건 뭘까?"

일령이가 얼른 "한의원꽃이요" 대답했다. 좀 전에 일령이가 연분홍 꽃송이 핀 나무 이파리를 따서 입에 넣더니 얼굴을 찡그리며 "아이고 씨거워, 한의원이야" 퉤퉤 뱉어 냈다. 그 뒤부터는 한의원나무다. 한의원나무에서 핀 꽃이니까 한의원꽃이고.

"오, 한의원꽃, 좋다! 나무도 새 이름이 생겼다고 좋아할 거야."

선생님이 손뼉을 쳤다. 내 생각에는 별로 좋아할 것 같지 않다. 갑자기 아무 이름이나 막 갖다 붙이면 '수수꽃다리'라는 원래 이름을 가진 저 나무는 당황스러울 것 같다.

"이거는 뭘까?"

솔이가 뒤춤에 감추었던 꽃송이를 내밀며 묻는다. 하린이가 옆으로 고개 돌려 솔이랑 눈 맞추더니 "병아리발가락꽃!" 했다. 솔이가 부끄러워하며 한 손으로 입을 가리고는 조그맣게 말했다.

"맞았어. 내가 지은 거야. 오도도도 걸어가는 병아리 발가락 같다고."

선생님이 손뼉을 치며 좋아했다. 꽃도 멋진 이름을 새로 얻어서 좋아할 거라고 했다.

"이분은 뭘까?"

환영이가 갑자기 선생님 말투를 흉내 내며 선생님을 가리켰다.

"배추요. 머리가 배추 같아요."

성현이가 대답했다.

"오, 맞았어. 너는 천재야."

환영이가 선생님 말투로 성현이를 칭찬했다. 나무가 좋아할 거라 했으면서, 선생님은 새 이름이 생겼는데도 별로 좋아하는 것 같지 않다. 배추 선생님이 말했다.

"방금 눈으로 코로 입으로 봄을 만났지? 이번엔 손바닥 발바닥으로 만날 거야."

배추 선생님이 오른쪽 발, 그다음에 왼쪽 발 양말을 벗더니, 벗은 양말을 주머니에 넣었다. 바지 주머니가 불룩했다.

"저분은 뭘까?"

이슬이가 선생님 말투를 흉내 내며 맨발로 서 있는 배추 선생님을 가리켰고, 아이들이 대답했다.

"발꼬랑내 선생님이요."

"오, 맞았어."

새 이름이 또 생겼지만, 발꼬랑내 선생님은 별로 좋아하지
않았다.

우리도 양말을 벗었다. 눈가리개로 눈 가리고, 바지 주머니
불룩 맨발로, 앞사람 어깨 꼭 잡고 칙칙폭폭 줄줄이 걸었다.

"언덕이야. 옆에는 절벽."

"천천히. 나무에 머리 박으면 나무가 아프잖아."

발꼬랑내 선생님이 하는 말에 귀를 바짝 세웠다. 지금 이 순간

믿을 것은 들리는 말밖에 없기 때문이다. 맨발로 디디니 한 발
한 발이 조심스럽다. 솔잎을 밟을 때는 따가워서 절절매고, 햇빛
닿는 모래밭을 지날 때는 "따뜻해", 새로 돋아나는 풀 무더기를
지날 때는 "차가워" 했다. 손 내밀어 나무둥치 만지고, 멈춰 서서
소리가 오는 쪽으로 귀 기울였다. 발꼬랑내 선생님이 말했다.

"이곳에서 저곳까지는 얼마나 놀랍고 신기한가, 아름다운가.
이곳이 신비하지 않으면 지구 끝 세상 어디도 신비한 곳은 없는
거야. 오늘 만나는 봄이 두근거려야 내일 만나는 봄도 그다음 날
만나는 봄도 두근거리지."

칙칙 쿠쿠쿠쿠 쿠앙!

"언덕을 내려갑니다."

치이익 스스삭 스삭!

"꽃 그림자를 밟고 지나갑니다."

한 걸음 갈 때마다

사악 사아악 두둑!

한 발 헛디디면 절벽

이대로 끝장인가 하는 생각

눈 감고 걸어가니

소리 소리 소리들이

개미 떼처럼 찾아온다.

눈 감고 걸어가니

민들레 민들레 민들레씨

하얗고 하얀 민들레씨가

바닥에 내려앉는다.

　　직박구리 소리 킥키웃, 곤줄박이 찝찌루루, 먼 산에서 아우우
늘대 우는 소리, 갈매기 날갯짓 소리, 물소리 쫄쫄 쪼르륵,
돌멩이 땀 흘리는 소리 으끙으끙, 코 벌름 귀 쫑긋 세우고 한 발

한 발 앞으로.

　봄이다. 연둣빛 물 오르는 버드나무도 봄. 노란 생강나무꽃,
아니 꾀꼬리눈썹나무꽃도 봄. 새가 울고 바람 사르락 풀싹을
깨우고 우리는 걸었다. 봄이 되어 걸었다.

온통 남이 붙인 이름만 있는 세상은 시시해

사물에 처음 이름을 붙인 사람의 가슴은 뜨거웠을 것이다. 하지만 뒷사람으로 내려올수록 사물의 이름만 전해질 뿐, 한 사람과 한 사물이 만나며 생겨났던 처음의 느낌은 전해지지 않는다. 한 사람과 하나의 대상이 처음 마주할 때의 만나는 순서가 바뀌었다. 느낌이 먼저다. 이름이 나중이다.

엄마 배 속에서 나온 아기가 세상을 만나는 것과 같은 방식이다. 어둡고 환하고 포근하고 차갑고 향긋하고, 이런 느낌으로 만나지 않을까. 처음부터 칠판, 자동차, 매화, 명태 대가리, 이런 이름으로 만나지는 않았을 것이다.

어릴 적 우리 동네에는 '홍근이 개구리'가 있었다. 나와 친구들은 물 채운 논에서 개르르륵 우는 녀석을 홍근이 개구리라 했다. 얼룩무늬 몸, 논두렁에 엎드렸다가 오줌을 찍 싸며 뛰어오르던 튼튼한 허벅지, 귀 뒤쪽으로 불룩 부풀리던 울음주머니 두 개, 논물 위에 둥둥 엎드려 개르르르륵 울 때마다 살살 퍼져 가던 물살. 지금도 눈에 선하다. 나이가 들어서야 녀석의 이름이 '참개구리'란 걸 알았다. 그때는 왜 홍근이 개구리라고 했을까. 생각해 보니 동네 형 중에 홍근이 형이 있었다. 고등학생이었던 그 형이 늘 입고 다니던 옷이 얼룩무늬 교련복이었다. 교련복과 그 개구리 얼룩무늬가 같았던 것이다. 지금도 나는 홍근이 개구리라 한다. 그래야 녀석의 모든 풍경이 환하

게 보인다. 홍근이 개구리는 오직 나와 몇몇 동무들의 이름이고, 개르르륵 목소리 따라 하며 섰던 자리는 언제까지나 우리의 자리, 내 땅이다.

　오래전 누군가 붙여 놓은 사물의 이름을 아는 것은 중요하다. 하지만 그게 전부가 되어서는 안 된다. 온통 남의 이름만 있는 세상은 시시하다. 내가 살아가는 세상에는 내 이름도 있어야지. 지금의 내 느낌, 내 이야기로 새롭게 붙인 이름도 있어야 내 세상이지.

　'왕도마뱀나무, 불꽃나무, 자존심거미, 병아리발가락풀, 외톨이새….'

　저 새는 이름이 직박구리라고, 오랜 옛날부터 직박구리니까 지금도 오직 직박구리여야 하는 것 아니다. 지금 이 자리에는 저 새 혼자니까 '외톨이새'가 맞다. 외톨이새는 여기 이 자리에 있는 내가 이 지구 위에서 한 글자 두 글자 세 글자 네 글자, 꼭 그만큼 일구어 낸 느낌의 자리다. 이제부터 혼자서 날아가는 저 새의 이름은 외톨이새다. 혼자서 날아가는 저 새의 등때기만큼의 자리는 내가 딛고 설 내 땅 내 자리다. 그리고 내 자리가 소중하고 귀해서 드디어 남의 자리도 새롭고 귀해질 것이다.

춤값

2교시 음악 시간에는 '빗방울 툭' 춤을 췄다. 툭 툭 투두둑 툭, 머리 어깨 허리 엉덩이를 흔들며 툭툭, 물웅덩이에 동그라미 퍼지듯 빙글 돌며 투두둑.

아침 말하기 시간에 성현이가 "빗방울 툭"이라고 말했기 때문이다. 창가를 바라보다가 자기도 모르게 나온 소리였다고, 유리창에 빗방울 하나가 툭 부딪히더니 주룩 미끄러지더라고 한다. '빗방울 툭' 놀이도 했다. 술래가 "툭!" 외치면 그 자리에서 "주룩" 미끄러지며 술래한테서 멀어지는 놀이다.

요즘에는 아침마다 누군가 한마디 하면 그걸로 춤을 춘다. 전에는 누가 말을 하면 노래를 부르거나 그림을 그렸는데, 어느 순간 바뀌었다. 선생님이 갑자기 춤에 꽂혀서 춤바람이 났기 때문이다. 뭐 아침에 걸어오는데 바람 따라 살랑 춤추는 나무 그림자와 새 목덜미 깃털이 하도 예뻐서 감동을 받았다나 어쨌다나. 선생님 혼자 감동하면 그만인데, 왜 우리까지 감동을 받아야 하는 것인지. 그저께 아침에는 춤추기 귀찮아서 우리끼리 쉿 쉿 손가락을 입술에 대고 미리 짰다. "야, 오늘은 아무도 말하지 말자. 입 막고 가만히 있자" 하고. 별 소용 없었다. 그날은 '입 막기' 춤을 추고 말았다.

쉬는 시간에 선생님이 우리 쪽을 보며 말했다.

"영양사님 좋아하는 사람?"

영양사님한테 뭔가를 전해 주고 오라는 소리다. 아이들은 못 들은 척 축구공을 들고 밖으로 나갔다. 나랑 유안이랑 몇몇은 교실 바닥에 앉아서 하던 보드게임을 계속했다.

"유안아, 이거…."

선생님이 미처 말을 꺼내기도 전에 유안이가 자리에서 일어나더니 "저는 스케줄이 있어서…" 하며 밖으로 쌩 내뺐다. 선생님이 유안이 뒷모습을 바라보며 입술을 깨물었다. 한숨 한 번 내쉬더니 "투두둑 아이쿠" 무릎 펴는 소리를 내며 일어섰다. 얼굴 표정으로 보아 앞으로 우리한테 또 무슨 트집을 잡을지 알 수 없다. 하는 일마다 잔소리를 늘어놓거나 청소 시간이 늘어날 수도 있다. 하는 수 없이 내가 일어났다.

"저요. 영양사님 좋아요."

선생님 얼굴이 환해졌다. 환하게 웃는 입으로 "투두둑" 소리 내며 책상 위 서류 봉투를 집어 나한테 내민다. 나도 로봇이 팔 움직이는 것처럼 "기기긱" 소리 내며 선생님이 내미는 서류 봉투를 받아 들었다. 1층 계단을 내려가서 급식실 옆 영양사님 사무실에 서류 봉투를 놓고 돌아왔다.

"상훈이는 인물도 좋고 성격도 좋고, 심부름도 잘해."

교실 문 열고 들어오는 순간부터 선생님의 칭찬이 쏟아졌다.

"난 이제부터 상훈이만 좋아할 거야. 상훈이 너, 내일도 학교 나올 거지?"

나는 괜히 기분이 좋아져서 입꼬리가 씨익 올라갔다.

"와, 상훈이가 웃으니까 교실이 아주 환하네."

선생님의 칭찬이 이어지자 교실에서 카드놀이 하던 몇몇 아이들이 하나둘 고개 돌려 나를 본다.

"상훈이는 심부름을 잘했으니까, 내가 뭐라도 주고 싶은데."

내가 뭐 유치원생도 아니고, 심부름 하나 했다고 너무 공중에 띄우니까 창피하다. 안 주셔도 돼요, 하려는데 선생님이 엄지 검지를 투두둑 모아서 하트를 만들어 날리며 말했다.

"내 마음을 줄게. 상훈, 싸랑해."

시시하다. 재미없다. 내가 일부러 한마디 던졌다.

"햄버거 주세요. 아주 큰 걸로."

"햄버거?"

정말 받겠다는 건 아니고, 그냥 한번 해 본 말인데 선생님이 "투두둑" 눈꺼풀 벌리는 소리를 내며 두 눈을 크게 떴다.

"그래, 언젠가 기회가 되면⋯."

3교시 시작종이 울리자 아이들이 교실로 들어왔다. 공을 옆구리에 낀 이슬이가 선생님한테 막 따진다.

"왜 상훈이만 사 줘요?"

"뭘?"

"햄버거 사 준다면서요?"

"난 사 준다고 한 적 없는데."

"사 준다고 했잖아요! 저도 다 들은 게 있거든요!"

이슬이가 내 쪽으로 고개를 확 돌린다.

"상훈아, 너 솔직히 말해. 선생님이 너한테 햄버거 사 준다고 했어, 안 했어?"

이럴 땐 뭐라 대답해야 하나. 우물쭈물 눈치를 살폈다.

"저것 보라고요! 그런 말을 했으니까 상훈이가 말을 못 하는 거잖아요."

이슬이가 무거운 몸을 움직여 방방 뛴다. 자기가 햄버거를 먹고 싶어서 그러는 게 아니라 평등하지 않은 게 문제라 한다. 성격 급한 이슬이는 그렇다 치고, 선생님이 심부름해 달라고 할 때 바쁘다며 쌩하고 내뺐던 정유안까지 따지고 든다.

"차별 아닌가요?"

선생님만 괜히 곤란해진 것 같다.

"사실은 선생님이 나한테 사 준다는 말은 안 했어. 내가 장난삼아….”

내가 변명하려는데, 선생님이 내 말을 끊었다.

“아니, 사 준다고 한 것 맞아. 내 입으로 꺼낸 말은 지킬 거야. 난 반드시 상훈이한테 사 주고 말 테다.”

정유안이 펄펄 뛴다.

“우리도 사 주라고요!”

“상훈이는 심부름이라도 했지, 당신은 뭘 했나요?”

선생님이 묻자 정유안이 버럭 소리쳤다.

“그럼 저도 시켜 주라고요. 그깟 심부름!”

선생님 왼쪽 눈썹이 투두둑 올라갔다.

“그깟 심부름? 그래, 시켜 줄게. 너, 지금 교장실 문 열고 들어가서 교장 선생님 앞에서 엉덩이춤 춰.”

그따위 짓을 할 6학년이 어디 있겠나. 그러나 정유안은 달랐다. 호락호락 물러서지 않았다.

“정말이죠? 제가 가서 엉덩이춤 추면 사 줄 거죠?”

선생님이 우물쭈물 “아니, 그게 아니고…” 하는 사이에 정유안이 벌떡 일어서더니 교실 문을 쾅 닫고 나갔다. 이슬이랑 다른 아이들이 “야, 나도” 하며 그 뒤를 따랐다. 선생님이 허둥지둥 아이들 뒤를 따라가며 소리쳤다.

"야, 지금 교장 선생님 바빠서 안 돼."

소용없다. 선생님이 어어어, 하는 사이에 정말로 복도 저쪽에 있는 교장실 문을 두드리더니 안으로 쏙 들어갔다. 복도까지 따라 나갔던 선생님이 혼자 교실로 되돌아와서 머리를 쥐어뜯는다. 교장 선생님이 뭐라 할지, 담임으로서 부끄럽다는 것이다. 내가 봐도 부끄러울 것 같다. 그깟 햄버거 하나 먹겠다고 엉덩이춤이라니. 내 얼굴이 다 화끈거렸다.

아이들이 금방 왔다. 교장 선생님이 없다는 것이다. 선생님이 가슴에 손을 얹고 안도의 숨을 내쉬었다.

"그래, 수고했다. 없는 걸 어쩌겠니. 이제 그만 공부해야지. 수학책 53쪽을 펴고…."

선생님이 칠판에 수학 문제를 쓰는데 하린이가 "교장 쌤, 교무실에 있을지도 몰라" 한다. 그 소리에 다들 계단을 내려가 1층 교무실로 갔다. 선생님이 한 손에 수학책 들고 허둥지둥 아이들 뒤를 쫓다가 되돌아왔다. 푸후우 꺼질 듯한 숨을 내쉬며 책상에 얼굴을 파묻었다. 이젠 다른 선생님들 보기에도 너무 창피하고 망신스럽다는 것이다.

아이들이 돌아왔다. 다들 환하다. 선생님이 책상에 묻었던 얼굴을 들고 묻는다.

"췄어?"

"췄어요!"

"진짜?"

"예. 엉덩이를 요렇게 오른쪽으로 요렇게 요렇게 왼쪽으로
요렇게."

"어휴, 교장 선생님 거품 물고 뒤로 넘어간 거 아냐?"

"멀쩡하던데요."

"뭐래?"

"잘한대요."

"…."

"사 줄 거죠?"

"그래야지."

아이들이 와아, 하며 좋아한다. 햄버거를 먹기는 먹는데,
선생님에게 좀 미안스럽다. 선생님 돈 왕창 쓰게 생겼다.

오후에 집 가면서 내가 정유안한테 물어보았다.

"아까 너네 진짜로 춤췄어?"

"응, 추기는 췄어. 교장 선생님은 못 봤을 수도 있지만."

애들이 창피하니까 교장 선생님이 알아채지 못하게 은근살짝
실룩거렸나 보다.

다음 날 아침, 기대했던 말랑말랑 햄버거는 안 보이고 선생님의 딱딱한 얼굴만 보였다.

"다 거짓말! 내가 교장 선생님한테 물어봤는데, 너네 춤 안 췄다는데?"

까칠하게 따지는 말투에 이슬이가 쩔쩔매며 변명했다.

"췄어요. 그런데 미세하게 흔들어서 교장 선생님이 못 본 것일 수도 있어요."

"미세하게?"

"네, 살짝살짝."

"…."

"우린 분명히 췄으니까 햄버거 사 줄 거죠?"

선생님이 오해가 풀렸다는 듯 고개를 끄덕였다.

"그럼, 당연히 사 줘야지."

아이들이 "와아" 하며 좋아한다.

"사기는 사는데 너네한테 전달은 안 될 거야."

"네?"

"춤을 추기는 췄는데 춤 전달이 안 된 거나, 햄버거를 사기는 샀는데 전달이 안 된 거나 똑같아."

말발 센 이슬이도 할 말을 잃고 가만히 있었다. 심부름 안 하고 내뺐던 정유안이 자리에서 슬그머니 일어섰다.

"그럼 엉덩이춤 다시 해도 되지요?"

요렇게 요렇게, 하며 엉덩이 흔드는 시범을 보이며 묻는다.

"다시?"

"네."

"뭐 그러시든지… 하여튼 교장 선생님이 춤으로 인정해야 사
줄 수 있어."

"그런데 햄버거에 콜라까지 추가하면 안 돼요?"

"콜라?"

"그 대신 엉덩이춤에 개다리춤까지 추가할게요."

"그래, 어디 잘해 봐."

이때부터 우리 반 아이들은 교장 선생님의 껌딱지가 되었다.
쉬는 시간, 점심시간마다 "교장 쌔앰, 교장 쌔앰" 하며 뒤를
졸졸졸졸 따라다녔다. 교장 선생님이 수돗가로 가면 수돗가로
따라가고, 체육관으로 가면 체육관으로 따라가서는 기회를
엿보다가 "교장 쌔앰!" 불러 놓고, 선생님이 돌아보는 순간 바로
뒤로 돌며 엉덩이 쭉 내밀고 실룩실룩.

누가 보면 우리 교장 선생님은 아이들한테 인기가 엄청난
사람으로 알 것이다. 인기는 어떤지 모르지만 한 가지는

확실하다. 사람이 너무 쉽게 대가를 얻게 되면 버릇을 망치게
된다, 이게 교장 선생님의 흔들림 없는 교육 철학이라는 것.
그래서 여간해서는 만족스레 웃는 낯을 보이지 않으신다.
아이들이 아무리 엉덩이 개다리를 흔들어도 끄떡 안 하신다.

"햄버거값 되려면 아직 멀었다."

세 번 실패하고 나서 아이들 사이에 의견이 갈렸다.
치사해서 관두겠다는 쪽과 이왕 자존심 상한 거 끝장을 보자는
쪽으로. 남자들 다섯은 춤을 포기했고, 여자들 넷이랑 남자
둘은 자존심을 포기했다. 춤을 포기한 아이들은 수업 마치면
딱지치기를 했고, 자존심을 포기한 아이들은 어디 누가 이기나
해 보자며 교실에 남아서 춤 연습을 했다.

"끈질긴 놈이 이기게 되어 있어. 끝까지 찾아가면 교장
선생님이 질려서 결국에는 '합격' 소리를 할 수밖에 없거든."

나는 춤 도우미를 하기로 했다. 춤 연습하는 아이들
따라다니며 물 떠다 주고 음악도 틀어 주었다.

"오른쪽으로 하나, 둘, 셋, 왼쪽으로 하나, 둘, 셋, 돌리고…."

처음에는 무조건 엉덩이와 개다리를 흔들어 대던 아이들이
작전을 바꾸었다. 가로 세로 대각선으로 줄 맞추고, 줄에 변화를
주면서 사이사이에 엉덩이춤과 개다리춤을 넣는 것으로.

"앞줄 빠져 뒷줄 들어가, 바깥으로 흔들고, 안쪽으로 흔들고…."

5일이 지났다. 내가 보기에도 꽤 괜찮은 춤이 되었다. 이만하면 햄버거값이 될 것 같다. 이제 네 번째 도전이다. 교장실에 들어가서 우리가 만든 춤을 보여 주었다.

"하나, 둘, 셋, 돌리고…."

교장실은 공간이 좁아서 움직임을 작게 했다. 움직임은 작았지만, 연습한 것을 실수 없이 보여 준 것 같다. 교장 선생님이 한마디 하셨다.

"그만하면 잘했어. 합격이야. 그런데 왜 니들밖에 없어? 다 같이해야 합격이야."

이번에는 성공인데, 성공이 아니다. 하지만 실패도 아닌 것 같다. 다른 애들이랑 같이하기만 하면 합격이란 소리 아닌가. 햄버거 포기하고 딱지나 쳤던 나머지 아이들을 다시 설득했다. 사실은 설득이랄 것도 없다. 이슬이가 딱 한마디 했을 뿐이다.

"선택해. 딱지, 친구 중에서. 딱지야, 친구야?"

쉬는 시간에도 연습하고, 점심시간에도 연습했다.

일주일 지났다. 다섯 번째 도전. 아이들은 춤 모양이 흐트러지지 않게 하려고 줄을 쪽 맞추어 교무실로 내려갔다.

언제부턴가 춤 공연장은 교장실이 아니라 교무실이 되었다. 교장 선생님 말로는 교무실이 자리가 넓고, 그리고 공정한 심사를 할 수 있기 때문이란다.

교무실에는 교장, 교감, 그리고 몇몇 선생님들이 우리 춤을 보기 위해서 기다리고 있었다. 우리는 교장 선생님 앞에서 추기로 했는데, 왜 다른 선생님들까지 구경하겠다는 것인지. 불만스럽지만 그냥 하는 수밖에. 내가 휴대폰 음악을 틀었고, 아이들이 흔들기 시작했다.

"앞으로 하나둘셋 흔들흔들, 뒤로 둘둘셋 흔들흔들, 개다리 달달달, 오른 손뼉 짝 치고 왼 손뼉 짝 치고, 앞줄 뒤로 빠지며 흔들흔들…."

열심히 흔들었다. 마지막으로 "빰빰 허이!" 그리고 얼음.

끝마친 아이들이 헐떡이며 서서 교장 선생님 입을 바라보았다. 교장 선생님은 '합격'이라 말하고 싶은 표정이었다. 그런데 다른 선생님 한 분이 갑자기 끼어들어 막말을 퍼부었다.

"야, 열심히는 하는데, 아직 멀었다야."

"그 춤은 빵값밖에 안 되겠는데."

자존심 팍 상했다. 분통 터졌다. 남의 춤 공짜로 구경하는 것도 기분 나쁜데, 평가까지 악플 지옥이라니. 그렇게 열심히 흔들어 댔는데 겨우 빵값? 그러니까 엉덩이 빵댕이 흔든 값이 햄버거에서 고기 빼고 토마토 빼고 양상추 빼고 치즈 빼고 다 빼고 나머지 하나, 맨 밀가루 빵값밖에 안 된다는 소리 아닌가.

우리는 홱 돌아서서 교실로 왔다. 이슬이가 팔뚝으로 눈물을 닦아 냈다. 유안이는 주먹으로 책상을 펑펑 친다.

"빵값이라니, 빵값밖에 안 된다니!"

아이들은 죄 없는 우리 선생님한테 따지기 시작했다.

"웃어요. 그 선생님이 뭔데."

"선생님도 다 똑같아요!"

선생님이 얼굴을 감싸더니 떠듬떠듬 말을 꺼냈다.

"열심히 해도 안 되는 게 있는 거야. 햄버거는 내가 사 줄게. 그냥! 공짜로!"

'와아' 하며 좋아하는 소리가 없다. 이슬이가 시무룩한 말투로 중얼거렸다.

"그것도 자존심 상해요."

마지막으로, 정말 마지막으로 한 번만 더 도전하기로 했다. 이슬이가 아이들 앞에서 주먹을 불끈 쥐고 또박또박 말했다.

"이제 햄버거 따위는 아무래도 상관없어. 안 먹어도 돼. 이건 한 인간의 자존심에 대한 도전이야."

체육 시간에도 체육이고 뭐고 그냥 교실에서 춤 연습을 했다. 나도 춤판에 들어가서 같이 엉덩이 흔들 수밖에 없었다. 연습, 또 연습. 주로 여자들이 동작을 만들어 냈고, 남자들은 어쩌다 한마디씩 보태거나 고분고분 따랐다. 딴짓하려던 아이도 "너 친구 안 할 거지? 우리 반 안 할 거지?" 이 소리에 얼른 정신을 차리고 자기 자리를 지켰다.

"너는 맨 앞에."

수업 시간에 몸만 자리에 앉아 있을 뿐 정신이 머나먼 우주 공간을 떠돌기도 하는 환영이를 맨 앞에 세웠다.

"너가 중심이야. 여기에 서 봐. 너가 중심이 되고, 우리는 기둥이 되는 거야. 정신 차려야 돼."

중심이 되고 나니까 환영이도 정신을 바짝 차렸다.

"얘들아, 이거 뽀인트는 즐겁게 하는 거야. 자신 있지?"

"개다리춤 하나둘셋넷 둘둘셋넷 셋둘셋넷 넷둘셋넷, 허이!"

"앞으로 네 번, 뒤로 돌아서 다섯 번 흔들고."

"엉덩이를 더, 더. 요렇게 하나둘셋넷 짠, 그렇지!"

한 사람 한 사람의 말이 보태지고 동작이 보태지고 울분과 오기가 보태져서 원래 대단했던 춤이 점점 더 대단한 춤이 되어 갔다. 우리 반 선생님이 보더니 화들짝 놀라며 들고 있던 서류

봉투를 떨어뜨렸다. "투두둑" 두 눈을 크게 떴다.

"와! 브라질 삼바춤도 우리 반 춤에는 안 되겠는데?"

더욱 정교하게 다듬었다.

"마무리. 너, 앞으로 나와서 요렇게 엎드려. 엉덩이 더 들고."

"하나둘셋넷 자리 바꾸고. 다시 빰빰 허이!"

마지막 공연은 교실에서 펼쳤다. 교장 선생님이 교실로 왔다. 우리는 교장 선생님이 인정하든 말든 상관없이, 누구한테 잘 보이려는 생각 없이, 그냥 우리 자신을 위하는 마음으로 예술혼을 불태웠다.

"하나둘셋넷 둘둘셋넷 셋둘셋넷 넷둘셋넷, 빰빰 허이!"

교장 선생님이 조용히 고개를 끄덕였다. 춤으로 인정하겠다는 뜻이다. 우리끼리 손뼉 치며 어깨 두드리며 축하하고 있는데, 교장실로 오라고 부르더니 봉투에 담긴 햄버거 하나씩 내민다. 아이들 입이 귀에 걸렸다.

"거리 공연 나갈까?"

"졸업 공연 때 이 춤 추자."

이야기 나누며 교장 선생님이 준 햄버거를 맛있게 먹었다.

그리고 며칠 뒤 사물함에 햄버거 하나, 콜라 하나씩 들어 있었다. 우리 반 선생님이 몰래 넣어 둔 게 분명했다.

한마디 말이 춤이 되고 노래가 되고

"배워라, 따라와라" 해 보지만 아이의 눈빛은 빛나지 않는다. 교사가 손 내밀어 가리키는 곳이 지금 여기가 아닌, 높고 먼 어느 곳이기 때문이다. 가리키는 곳이 높고 멀수록 여기 밑에서 보잘것없는 것 하나 쥐고 서 있는 아이는 졸아들고 작아질 수밖에 없다. 교사가 "배워라, 따라와라" 가리키는 곳이 저곳이 아니라 이곳이라면, 한 아이한테 있는 무엇이라면, 바로 여기 아이 있는 자리라면 달라질 것이다. 아이의 눈빛은 빛나고 아이의 몸과 마음은 부풀고 커질 것이다.

남의 것, 나와 상관없는 것은 기를 수 없다. 내 안에 있는 것, 한 사람에게 이미 있는 것만 기를 수 있다. 아이에게 있는 것이 조그마한 돌멩이 하나라도 좋다. 자기도 모르게 중얼거린 "빗방울 툭" 한마디라도 좋다. 알 수 없는 몸짓이라도 좋다. 콕 찍은 점 하나라도 좋다.

아이에게서 시작한 아무렇지도 않은 점 하나, 한마디 말, 몸짓 하나, 눈빛 하나, 문장 하나는 무엇으로도 자랄 수 있는 씨앗이다.

아무렇게나 찍은 점 하나는 부풀고 커지며 선이 되고 면이 되고 입체가 될 것이다. 아무렇게 중얼거린 "빗방울 툭" 한마디는 화살표가 되고 날개가 되고 꿈이 될 것이다. 바람이 되고 하늘이 되고 발자국이 될 것이다.

아이들은 순간마다 시간마다 씨앗을 내보인다. 보고 듣고 말하고 다투고 원망하고 실수하며 수없이 새로운 씨앗을 내민다. 아이가 내민 씨앗 하나, 어떻게 가꿀까. 무엇으로 키워 볼까.

노래로? 둘레 세상은 소리와 노래로 가득 찰 것이다. 파리 날갯짓 소리, 계단 오르는 소리, 지우개 떨어뜨리는 소리, 고양이 수염 실룩거리는 소리가 노래가 되어 귓속을 울릴 것이다.

춤으로? 세상은 온통 움직임과 춤일 것이다. 형광등 깜빡이고 마른 풀잎 흔들리고 갈매기가 모래밭을 걸어가고 두꺼비가 눈 깜빡, 개구리가 파리 낚아채고 벽이 서 있는 춤.

물방울무늬 우산

꾹꾹 참던 비는 점심때부터 좍좍 퍼붓기 시작했다. 오후
시간은 국어와 실과 실습인데, 교실에서 하는 수밖에 없다.

"이번 시간 공부할 곳은 '글감 찾기', 국어책 53쪽을 펴고…."

국어 교과서를 손에 든 선생님이 칠판에 '글감'이라고 썼다.
검은색 비닐봉지를 손에 든 이슬이가 소리쳤다.

"고구마 심어요."

선생님이 글씨 쓰던 손가락을 내밀어 빗방울 툭툭 부딪혀
흐르는 창문을 가리켰다.

"안 보여?"

이슬이가 비닐봉지 안에서 꺼낸 고구마 모종 두 가닥을 내밀어
설레설레 흔들었다.

"오늘 심기로 했잖아요. 한번 꺼낸 말은 지켜야 하는 것
아닌가요?"

선생님이 고개를 절레절레 흔들었다.

"그걸 왜 나한테 물어? 저기 비한테 물어봐."

"우리 할아버지가 그러는데 고구마 모종은 비 오는 날 심는 게
최고래요. 낼까지 있으면 다 말라비틀어져서 못 쓰게 된대요."

선생님이 교실 아이들을 둘러보며 우산 가져온 사람 손 들어
보라고 했다. 나까지 합쳐서 다섯 명이 손을 들었다.

"우산 없는 사람은 어떻게 하라고?"

"그걸 왜 저한테 물어요?"

할 말 잃은 선생님이 "비는 오는구나. 비는 줄줄이 오는데…" 혼잣말을 하며 창가로 다가갔다. 이슬이가 둘러보며 하나하나 눈빛을 보내자 눈 마주친 아이들이 너도나도 손을 들었다.

"나가서 글감 찾기 해요."

"실과 시간에 고구마 심고, 국어 시간에 글쓰기 하면 되잖아요."

"작년에도 비 오는 날 맨발로 땅을 밟았어요. 몸의 느낌을 글로 쓴다고."

"일부러 겪는 것보다는 생활 속에서 겪은 게 더 자연스러운 글감 아닐까요?"

못 들은 척, 창밖 저 멀리 바라보던 선생님이 줄줄 내리는 비한테 문득 물었다.

"빗속에 글감이 있을까?"

"비가 흙바닥 때리는 소리요."

"풀 잎사귀가 비 맞고 아야야 하는 소리."

"비 냄새, 흙냄새, 불타는 마음 냄새!"

"저는 질퍽거리는 바닥에 찍히는 발자국을 자세히 볼게요."

선생님이 창문 밖으로 손 내밀어 떨어지는 빗물을 받았다.

손가락 틈으로 빗물이 흘러내렸다.

"글감이야 작게, 더 작게 파고들수록 또렷하지. 점점 더 작아져서 부스러져 사라져도 좋고….."

하얀 비옷 입은 이슬이가 벌떡 일어서더니 눈꺼풀 까뒤집는 시늉을 하며 밖으로 나갔다. 이번 시간은 '글감 찾기'인데, 빗속에 수첩을 들고 다닐 수는 없으니 수첩 대신 눈꺼풀에 기록하겠다는 것이다. 우산 챙겨 온 몇몇 아이들도 손가락으로 눈꺼풀을 뒤집으며 밖으로 나갔다. 일령이는 비 맞으면 살 빠진다며 밖에 안 나가겠다고 한다.

"저는 교실을 지키겠습니다."

교실 지키면서 '교실 물건들'을 글감으로 잡겠단다. 참으로 게으른 글감이다. 어떤 글이 나올지 안 읽어도 뻔하다. 차라리 자기 몸이나 지키면서 '입에 붙은 입술'이나 '목 위에 붙은 머리통'을 글감으로 잡는 게 낫겠다. 게다가 다른 사람이면 몰라도 일령이가 교실을 지킨다는 말은 우습다. 진공청소기라는 별명이 왜 붙었겠나. 그동안 일령이한테 맡겼다가 사라진 물건이 한두 개가 아니다. 다정이가 일령이한테 빌려준 연필 두 자루가 사라졌고, 은비가 건넨 치약도 사라졌다. 일령이한테 지우개를 빌려줬다가 아직 돌려받지 못한 영지가 버럭 소리쳤다.

"야, 너한테 교실을 맡기면 우리 교실이 통째로 사라질지 몰라. 차라리 안 지키는 게 나아."

우산 갖고 온 사람은 밭에 가서 찾고, 우산 없는 사람은 교실에서 찾아도 된다 했는데, 다들 밭으로 간다고 나섰다. 글감이야 아무 데서나 찾을 수 있지만, 고구마를 아무 데나 심을 수는 없으니까. 심을 때 빠지면 자기 땅에서 자라는 게 없고, 자라는 게 없으니 수확할 게 없고, 수확할 게 없으면 나중에 고구마 음식 만들거나 시장에 고구마 팔러 갈 때도 빠져야 할 게 빤하기 때문이다.

"비 맞으면 머리카락 빠지는데….

선생님도 우산이 없다며 신문지로 고깔모자를 접더니, 모자 겉을 비닐봉지로 씌웠다. 성현이도 선생님을 따라서 신문지로 모자를 만들었다. 상훈이는 쓰레기봉투를 쓰고는 눈알 두 개만 보이도록 앞에 구멍을 뚫었다. 환영이랑 명환이는 자기네가 비랑 친한 사이라면서 머리에 비누칠을 하고, 웃통 벗고 양말 벗고 바지를 무릎까지 올렸다. 둘이 어깨동무하고 나가다 말고 펄쩍 돌아서더니 왼팔 오른팔 휘리릭 겹쳤다 펴며 "일령, 지구도 부탁해" 하고 나갔다. 환영이는 '비누 거품', 명환이는 '발가락 사이로 삐져 올라오는 진흙'을 글감으로 잡았다고 한다.

나는 집에서 챙겨 온 물방울무늬 우산을 손에 꼭 쥐고 교실 문을 나섰다. 오늘 아침 할머니한테 받은 우산인데, 절대로 잃어버리면 안 되는 우산이다. 원래는 나도 다른 애들처럼 빈손으로 올 뻔했다. 아침 일기예보에 비 올 확률 40퍼센트로 나와서 어떻게 해야 하나 망설였다. 그냥 올까 어쩔까 하다가 신발장 구석에 아무렇게나 쑤셔 박혀 있는 검은 우산을 집어 들었는데 우산 손잡이가 끈적거렸다. 손잡이를 휴지로 감싸고 힘껏 펴 보니 우산살이 세 개나 부러져 있었다. 망가진 우산을 바닥에 철퍼덕 팽개치고 빈손으로 오려고 하는데 할머니가 멈춰 세웠다.

"비 맞으면 감기 걸리잖어."

그러더니 꺼냈다. 그 소중한 것을. 절대 잃어버리면 안 된다는 당부를 두 번 세 번 하면서. 현관문 열고 앞발 내딛는 순간 또다시 당부하셨다.

"그거 잃어버리면 안 된다이. 절대로, 절대로 잃어버리면 안 돼."

교회에서 노래자랑을 했는데 그때 우리 할머니가 1등을 했다. 1등 상품은 우산이었다. 연분홍 바탕에 빨간색 하얀색 물방울무늬가 찍혔는데, 촥 펼치면 공작이 날개를 편 것처럼 예뻤다. 할머니는 아끼느라 그 우산을 집에 보관해 두고 아직

한 번도 쓰지 않았다. 올림픽 금메달처럼 평생 가만히 모셔 두고 바라보기만 할 작정인 것 같았는데, 드디어 오늘 큰맘 먹고 결심을 한 것이다. 할머니의 하나밖에 없는 손녀딸이고, 둘이 사는 우리 집에서 할머니 말고 유일한 식구인 나에게 내주기로.

아침 학교 오는 길에 할머니한테 받은 우산을 펴 보고 싶었지만 비는 올 듯 올 듯 끝까지 참기만 했다. 접은 우산을 쥐고 걸어오는 내내 '잃어버리면 안 돼' 소리가 입술을 맴돌았다.

'잃어버리면 안 돼, 아아아안 돼.'

타박타박 발걸음 박자에 맞추어 "잃어버리면 안 돼"를 중얼거리며 걷다 보니, 어느 순간 집에서 할머니가 설거지할 때마다 부르고 걸레질할 때마다 부르며 연습 또 연습하던 그 노래, 전국 노래자랑, 아니 교회 노래자랑에서 불러 마침내 1등을 했던 노래가 나도 모르게 흘러나왔다.

"잃어버리면 안 돼 내 가슴에~ 확실한 사랑의 도장을 찍어~ 이 세상 끝까지 나만 사랑한다면….'

잃어버리면 안 되는 우산을 손에 쥐고 글감 찾으러 밖에 나가는 지금도 여전히 '잃어버리면 안 돼' 소리가 입술을 맴돈다. 이번 시간에 내가 정한 글감은 '우산에 닿는 소리'다. 내 우산에 와서 부딪쳐 사라지는 소리 조각들을 잃어버리지 않고 하나하나

확실하게 살려 봐야지, 다짐하며 계단을 내려와 1층 복도를
사뿐사뿐 지나 드디어 서쪽 문간에 도착했다.

문간에 멈춰 서서 숨을 한 번 들이마셨다 내쉬며 비 오는
바깥으로 첫발을 디뎠다. 내딛는 순간 공작이 날개를 펴듯
촤아아악 펼쳤다. 절대로 잃어버리면 안 되는 빨간색 하얀색
물방울무늬 내 우산을. 머리 위에서 한가득 빛이 쏟아져 내리며
나를 비추는 것 같았다. 하늘이 환해진 것 같았다. 환한 하늘을
머리 위에 이고 우리 반 텃밭을 향해 타박타박 가뿐가뿐 걸었다.
텃밭에서 자라는 곡식들이 어서 오라 오라 손짓하는 신호가 내
우산 안테나에 찌릿찌릿 닿았다.

선생님과 아이들이 비 오는 텃밭을 서성이며 일할 채비를
했다. 한 손에 호미 들고, 한 손에 고구마 모종 쥐고, 얼굴에 흙이
묻고, 한쪽 다리를 걷고, 두 다리 걷고, 맨발이고, 쓰레기봉투를
쓰고, 양푼을 뒤집어쓰고, 눈꺼풀을 뒤집고, 비닐을 몸에 두르고,
신문지 모자를 썼다. 멋지다. 우산에 닿는 소리보다 내 눈에
닿는 아이들 모습을 글로 쓰는 게 더 멋질 것 같다. 원래 정했던
글감을 바꿀까, 망설였다. '우산에 닿는 소리'에서 '비에 맞선
아이들 모습'으로. 나는 사진 찍듯 찰칵찰칵 아이들 차림새를 두
눈에 담았다.

'상훈이는 쓰레기봉투에 까만 눈알 두 개, 찰칵. 성현이는 신문지 모자, 찰칵. 환영이는 비누 거품에 맨발 원시인, 찰칵. 나는….'

하나같이 촌스럽고 초라하고 야생이고 자연인 차림인데 나만 아니다. 나 혼자 화려한 빛깔 조명 아래 있으니까 여기 분위기랑 안 어울리는 것 같고 눈치가 보였다. 엎드려 땀 흘리는 농촌 마을 논둑길 밭둑길을 화려한 패션모델 걸음걸이로 살랑살랑 걷고 있는 여자처럼 내 몸이 어색했다. 그렇다고 멀쩡한 우산을 팽개치고 억지로 비 맞을 수는 없고. 어디 구석에 가서 조그맣게 웅크리고 싶은 심정이다. 우산을 반쯤 기울인 채 둘레를 두리번거리며 어찌해야 하나, 망설였다.

어린 옥수수잎이 아카시아나무 가지에서 떨어지는 빗물에 맞을 때마다 "어이 시원해 어이 시원해" 하며 촐랑거렸다. 강낭콩잎 감자잎도 우산 없이 시원하게 비를 맞고 있었다. 그런데 "엇 차거 엇 차거" 하며 부르르 몸을 떠는 거대 생명체가 있다. 아까는 혼자서 교실을 지킨다더니, 마음이 바뀌었나 보다. 어디서 주웠는지 조롱박 바가지를 머리에 쓰고 나타났는데, 바가지는 작고 머리통은 커서 내리는 비를 그대로 맞고 있었다. 비를 맞겠다고 마음먹고 일부러 비를 맞는 환영이랑 콩 잎사귀는

시원해 보이는데, 비를 안 맞겠다고 마음먹었는데 겨우 바가지
덮은 만큼만 안 맞고 그 나머지 몸이 줄줄 젖으니까 보기에
안쓰러웠다. 나는 큰맘 먹고 결심했다. 내 우산을 빌려주기로.

"일령아, 이거."

일령이는 기다렸다는 듯 내 우산을 낚아챘다. 그와 동시에
머리에 쓴 바가지를 공중에 내던졌다. 일령이 머리를 덮었던
바가지는 밭고랑에 던져져서 아무렇게나 나뒹굴었다. 파란색
비닐우산 쓴 유안이가 버려진 바가지에 다가가더니 그 앞에
쪼그려 앉는다. 왼쪽 귀를 기울여 바가지 가까이 댔다. 좀
전에는 오른쪽 귀를 기울여 흙바닥 가까이 댔는데, 철퍽 엎어진
바가지를 보고는 글감을 바꿨나 보다. '비 맞는 땅바닥'에서 '비
맞는 바가지'로. 하긴, 땅바닥보다 바가지가 작기는 하다. 더 작게
파고들수록 또렷해진다고 했으니 유안이가 얼마나 또렷한 글을
써낼지 기대가 되었다. 나는 우산 대신 영지가 머리 위로 치켜든
종이 상자 밑으로 들어갔다. 그리고 둘이 나란히 우리의 보물
개뼉다구 땅으로 갔다.

텃밭에는 저마다 자기 땅이 있는데, 생김새가 다 다르다.
물고기 모양 땅, 하트 모양, 손바닥 모양, 풍선 모양…. 내 땅은
개뼉다구 모양이다. 원래는 개뼉다구가 아니라 동그라미였다.

봄 산에 진달래꽃 필 때 흙에 해바라기 씨앗 두 개를 묻은 뒤 그 자리에 동그라미를 그렸다. 처음에 해바라기 씨앗 묻은 동그라미 땅은 냄비 뚜껑 크기였다. 그런데 시간이 지날수록 동그라미가 점점 커졌다. 강낭콩 심는다고 땅을 더 넓혀서 자전거 바퀴만 한 동그라미가 되었고, 옥수수랑 감자 심는다고 더 넓혀서 훌라후프만 한 동그라미가 되었고, 토란이랑 다른 걸 심으려고 조금 더 넓혀서 아기들 물놀이용 풀장만 한 크기가 되었다.

땅 경계에는 조개껍데기와 돌멩이로 울타리를 꾸몄다. 내 땅 가까이에 자리 잡은 영지도 동그랗게 일군 땅을 풍선처럼 부풀렸고, 자기 땅 경계에 솔방울과 막대기로 울타리를 둘렀다. 그 뒤로도 심을 게 생길 때마다 서로 바깥으로 땅을 넓히다 보니 영지랑 나랑 두 땅의 경계가 가까워졌다. 협상 끝에 영지와 나는 땅을 합친다는 계약서에 서명했다. 서명하고 나서 곧바로 영지 땅 내 땅을 연결하는 통로를 뚫었고, 따로따로였던 동그라미 땅 두 개가 지금의 개뼉다구 모양 우리 땅으로 바뀐 것이다.

다른 아이들도 자기 땅 둘레에 조개껍데기, 솔방울, 조약돌, 막대기로 울타리를 둘러 꾸몄다. 울타리와 울타리가 어울리니까 여기 텃밭이 세상에서 예쁘고 멋진 곳이 되었다. 선생님은 은하수 별자리 같다고 하는데, 내 눈에는 나라와 나라가 어울린 세계지도처럼 보인다. 저쪽에는 섬도 있다.

섬의 주인은 환영이다. 4월 식목일에 감자 심을 때 이슬이가 자기 땅에서 호미질하다가 흙에서 나온 애벌레를 공중에 내던졌는데 그게 하필 환영이 얼굴에 맞고 말았다. 환영이가 주먹 쥐고 부르르 떠는 걸 보고는 내가 가만있으면 안 될 것 같아서 이슬이한테 화내는 말투로 소리쳤다. "야, 너는 누가 던지면 좋아?" 하고. 이슬이가 사과를 하기는 했는데 환영이가 아닌 애벌레한테 "애벌레야, 미안해" 하고 사과했다. 환영이는 완전히 폭발해서 들고 있던 호미를 바닥에 팽개치며 선언했다. "나는 결코 저 이슬이 같은 ××와는 이웃이 되지 않겠다!" 하고. 그리고는 홱 돌아서서 저쪽으로 옮겨 갔고, 그곳에 새로운 땅을 개척했다. 대륙에서 뚝 떨어진 그 섬나라에는 아직도 '이슬 출입 금지' 푯말이 서 있다.

개뻑다구 우리 땅에서 자라는 감자랑 옥수수랑 풀 잎사귀는 특별히 더 예쁜 것 같다. 빗물에 까딱거리는 모습도 예쁘고, 잎사귀 끝에 맺혔다가 쪼오옥 몸을 늘이며 떨어지는 물방울도 예쁘고. 잎사귀 크기마다 모양마다 흔들리는 모습이 다 달랐다. 빗물이 만들어 내는 흉내 내는 말, '까딱까딱, 쪼오옥' 이런 말을 더 찾아서 글을 쓰면 재미있을 것 같다. 글감을 다시 바꿀까,

망설였다.

영지랑 나는 개빽다구 가운데 막대기 부분 땅에 쪼그리고 앉아 고구마 모종을 심었다. 아니, 심어야 하는데 심는 방법을 몰랐다. 씨앗은 씨앗 크기의 두 배 깊이로 묻으면 되고, 토마토 모종 심는 방법도 아는데, 고구마 모종은 더 어려운 것 같았다. 저쪽에 쭈그려 앉은 선생님한테 큰 소리로 물어보았다.

"어떻게 심어요?"

"아무렇게나."

선생님은 뭘 물어보면 제대로 대답을 안 해 준다. 원래 교사라는 직업은 학생이 질문하면 친절하게 가르쳐 주어야 하는 사람 아닐까. 그런데 선생님은 무엇이든 그냥 알아서 하란다. 도대체 어떻게 알아서 하라는 건지. 일하는 것도, 글 쓰는 것도, 그림도, 운동도, 좋아하면 저절로 길을 찾게 된다고 하는데, 나는 아무리 고구마가 좋아도 길을 못 찾겠다. 어디 누가 이기나 해 보자.

"고구마 줄기를 눕힐까요?"

"그래. 고구마가 편안하겠다야."

"세울까요?"

"응. 반듯한 고구마로 자라겠네."

"잎을 묻고 뿌리를 위로 올라오게 할까요?"

"맘대로. 고구마가 공중에 달리면 캐기도 쉬울 거야."

"저를 심을까요?"

"좋지. 하린이가 많이 달리겠네. 우리 반에 하린이가 하나밖에 없어서 아쉬웠거든."

결국, 저쪽에 가서 선생님이 심는 걸 지켜보는 수밖에 없었다. 호미로 구덩이를 파고, 거기에 고구마 모종 한 가닥을 비스듬하게 구부려서 넣고, 잎사귀는 밖으로 나오게 해서 흙으로 꾹꾹 덮는다. 나랑 영지도 선생님이 하는 방법을 그대로 따라 했다. 호미로 구덩이를 파면 저절로 물이 고이니까 신기하고, 일하는 게 재밌다. 영지는 구덩이에 물 고이는 걸 글감으로 잡을 거라면서 호미로 흙을 파고는 한참씩 지켜보았다.

영지랑 내가 앉은걸음으로 지나온 자리에는 고구마 모종이 두 줄로 줄 맞추어 비스듬히 누웠다. 흙 이불 덮고 누운 고구마 모종 잎들이 치럭치럭 내리는 빗물을 끄덕끄덕 맞이했다. 뿌리 내리고 나면 금방 쭉쭉쫙쫙 벋어 나가 여기 밭두둑을 푸르게 덮겠지. 가을에 캐면 읍내 시장에 나가서 고구마 장사를 할 것이다. 우리 할머니가 5일마다 밭에서 마련한 고들빼기, 미나리 같은 '장감'을 들고 장사를 나가시니까, 나는 할머니 옆에 앉아서 내가 내 밭에서 마련한 '장감'인 고구마를 팔면 된다. 아, 이런…. 고구마 장사를 떠올리다 보니 또 다른 글감을 찾고 말았다. 지금 비를 피하려고 마련한 종이 상자 '비감' 밑에서 '장감' 준비하는 장면을 '글감'으로 잡으면 어떨까 하는 생각.

고구마 심기 '일감'을 마치자마자 나랑 영지는 비에 젖어 너덜거리는 종이 상자를 집어 던지고 수돗가로 달려가서 손을 씻었다. 호미 제자리에 놓고 교실로 들어와서 수건으로 얼굴을 닦았다. 다른 아이들도 하나둘 교실로 들어왔다.

학교 마칠 시간이 다 되어서 글 쓸 시간은 없고, 주말 숙제로 해서 월요일 아침에 발표하기로 했다. 나는 얼른 수첩을 펴고 좀 전에 만난 장면들이 기억에서 사라지기 전에 몇 글자 적어 두었다.

'치럭치럭 끄덕끄덕, 상훈이는 쓰레기봉투 눈알, 환영이는 비누 거품 원시인, 일령이는 바가지 머리통….'

여기까지 쓰다가 갑자기 떠올랐다.

'아차, 내 우산!'

일령이도 깜빡했나 보다.

"일령아, 내 우산은?"

일령이는 고개도 돌리지 않은 채 화부터 냈다. 방금 자기 머릿속에 불이 번쩍 들어오면서 세상을 깜짝 놀라게 할 글감이 떠올랐는데, 내가 말을 거는 바람에 그 불이 꺼졌다는 것이다.
"뭐였지? 어디 갔지?" 하며 펼쳐 놓은 공책에 자기 머리를
짓찧는다. 아까 우산을 넙죽 받을 때는 그렇게도 고마워하더니,
지금은 하나도 안 고마운 것 같다.

일령이가 쿵쿵쿵 머리를 찧는 동안 나는 투덕투덕 걸어
고구마 심은 밭으로 갔다. 안 보였다. 사람 없는 밭에 빗소리만
가득했다. 가슴이 쿵쿵 방망이질하며 불안한 느낌이 들었다.

'잃어버리면 안 되는 건데. 소중한 건데.'

급하게 뛰어가서 교실 문 열며 소리쳤다.

"황일령! 없어. 내 우산이 없다니까."

없다. 교실에 일령이가 없다. 아이들도 없다. 내 가슴이 쿵
내려앉았다. 내 한쪽 다리가 휘청했다.

"황일령, 너 어딨어? 내 우산 어딨어?"

다시 밭으로 달려가서 찾았다. 창고 뒤에도 찾았다. 놀이터
미끄럼틀 밑에도 찾았다. 없다. 우산이 없다. 황일령도 없다.

'없어지면 안 되는 건데. 소중한 건데.'

그때 학교 주차장에 서 있던 노란색 스쿨버스에 올라가는
커다란 엉덩이가 얼핏 보였다.

'침착하자, 침착.'

손을 휘저으며 비를 마구 맞으며 스쿨버스로 달려갔다. 버스 옆구리를 쿵쿵 두드리며 차창 밖에서 소리쳤다.

"일령아, 내 우산, 우산 어디 있어?"

"거기, 밭에."

"없던데? 내가 지금 다 찾아봤어."

"몰라. 거기 있다니까."

"없다니까! 잘 생각해 보라고⋯."

내 말이 끝나기도 전에 버스가 가 버렸다. 나는 다시 밭으로 뛰어갔다. 이쪽저쪽 휘휘 아무리 둘러보고 아무리 찾아봐도 없다. 눈앞이 캄캄해졌다.

안 되겠다. 이럴 때일수록 정신, 더 정신을 차리자. 여기저기 정신없이 헤매며 찾는 것보다는 목표를 정해서 정확하게 탐색하는 게 빠를 것 같다. 정신 차리고 눈을 크게 뜨고 보니 밭고랑에 발자국 흔적이 보였다. 발자국을 살피기로 했다. 곰 발자국 따라가면 곰 나오듯, 황일령 발자국을 추적하면 우산 간 곳이 나올 테니까. 그런데 발자국들이 마구 겹치고 섞여서 어느 것이 어떤 발자국인지 감을 잡기 어려웠다. 움푹 디딘 발뒤꿈치 자국마다 빗물이 고여 발자국 웅덩이가 되었는데, 신은 신발에 따라 웅덩이 모양이 달랐다. 몸무게에 따라 웅덩이 깊이도 달랐다. 발자국 웅덩이마다 퐁퐁퐁퐁 비 동그라미가 퍼지고 있었다.

고구마 두둑 위에 새로 찍힌 발자국도 있다. 사람 신발이 밟은 자국은 아니고, 맨발로 밟고 간 발자국 같다. 쏟아지는 빗속을 돌아다니는 동물이라니. 개성이 지나치게 강하고 자유로운 것 아닐까.

드디어 찾았다. 수많은 발자국 웅덩이 중에 유난히 크고 깊은 웅덩이가 눈에 들어왔다. 황일령이 움푹 딛고 간 게 틀림없다. 나는 구부리고 앉아서 손으로 한 뼘 한 뼘 황일령 발자국 웅덩이의 길이와 넓이, 깊이를 쟀다. 그리고 거기서부터 이어진 나머지 발자국 흔적을 따라갔다.

푹푹 이어지던 발자국이 밭 가장자리에서 끊어졌다. 마지막 발자국 웅덩이 둘레를 뒤졌다. 없다. 둘레 흙바닥을 손으로 긁었다. 아무것도 안 나왔다. 황일령은 지금 버스에 있는데, 발자국은 여기 있는데, 황일령 손에 있던 우산은 어디에도 간 곳이 없다. 황일령은 지금 편안하게 버스에 실려서 집으로 가는 중인데, 나는 여기 밭에 서서 비를 줄줄 맞으며 속이 까맣게 타들어 갔다.

서쪽 현관 처마 밑에 서서 황일령에게 전화를 했다.

"전화기가 꺼져 있습니다, 쏼랴쏼랴."

할 수 없이 일령이와 같은 동네에 사는 솔이에게 전화를 했다.
솔이가 받았다.

"솔이야, 일령이 바꿔 줘."

전화 바꿨다.

"야, 황일령! 내 우산 어딨어?"

"거기 없어? 그럼 교무실 앞에."

뚜뚜뚜뚜. 난 교무실 앞, 옆, 뒤를 다 찾아보았다. 없다.

또 솔이한테 전화했다. 전화를 다시 바꿨다. 아까 수돗가에서
발 씻을 때 바닥에 내려놓은 것 같다고 했다. 수돗가로 달려가서
앞, 옆, 뒤를 다 찾았다. 없다. 또 전화했다. 아카시아나무 밑에
있을 거란다. 갔다. 찾았다. 없다.

또 전화했다. 이번에는 욕을 한다. 지가 뭘 잘한 게 있다고
나한테 욕을 해. 그놈의 입을 뿅망치로 후려치고 싶다. 거기다가
막말까지 해 댔다. 뭐? 개한테나 가서 물어보라고? 나쁜….

'잃어버리면 안 되는 건데. 소중한 건데.'

황일령, 실망이다. 내가 다른 학교 다니다가 전학 와서 너랑
2년 동안 같은 교실에서 지냈는데 어떻게 나한테 이럴 수가
있을까. 나는 네가 비 맞는 게 안타까워서 도움을 준 건데,
너는 이런 식으로 나한테 보답을 하는 것이냐. 내 가슴에 이런

기분 더러운 흙 발자국 도장을 꽝꽝 찍어 놓는 것이냐. 아,
할머니한테는 뭐라고 말을 해야 할까.

황일령이 머리에 썼다가 내팽개친 바가지는 밭고랑에 엎어진
그 자세 그대로 비를 맞고 있었다. 그 자세 그대로 밭고랑을
적시고 있었다. 나는 버려진 바가지를 바라보며 바가지나 내
신세나 똑같다는 생각이 들었다. 빗속에서 찾은 글감으로 쓴
이야기는 월요일 아침에 발표하기로 했는데, 나는 다 글렀다.

이제껏 내 눈과 귀에 담은 모든 느낌과 이야기는 흔적 없이 부스러져 사라지고 말았다. 글감 대신 실망감만 가슴 가득 안고 나는 지금 여기 비 맞으며 서 있을 뿐이다.

빗속에 서서
비를 맞는다.
머리가 젖고
몸이 젖고
마음이 젖어
종아리를 타고
발아래로 흘러내린다.
저쪽에
개똥 한 덩어리도
비에 궁둥짝 맞는다.
점점 부스러져 사라진다.
개똥 빗물이 되어
웅덩이 쪽으로 흘러간다.

아이들은 놀이 속에 있어야

고향이 평창이라는 우리 옆 반 선생님은 평생의 소원이 흙 안 만지고 사는 거라 했다. 어릴 때 부모님이 일을 너무 가르쳐서 농사라면 진저리 난다고 했다. 지나친 강요 때문에 생긴 부작용이다. 어디 농사뿐이겠나. 반듯함이란 것을 강요하면 반듯함에 진저리 날 것이고, 책 읽기나 공부를 강요하면 그것에 진저리 나게 되어 있다.

잘하는 것보다 좋아하는 게 먼저다.

한 뼘 땅을 일구어 보는 것, 씨앗 한 알 심는 것, 씨앗 심은 땅에 조개껍데기 솔방울로 울타리를 꾸미는 것, 텃밭에서 나온 걸로 요리하고 시장에 나가서 팔아 보기도 하는 것. 이 모든 것들은 놀이다. 일과 땀이 소중해서 텃밭을 가꾸는 게 아니라, 그 일이 즐거운 놀이이기 때문에 텃밭을 가꾸는 것이다. 제 맘에 내켜서, 좋아서 하는 일은 아무리 힘들어도 '놀이'다. '가치'를 앞세우면 도망가는 것들이 놀이를 앞세우면 줄줄이 다가온다. 땀의 보람, 일의 가치, 흙의 고마움, 지구환경의 소중함 들이 줄줄이 따라온다.

아이들은 어떤 경우에도 놀이 속에 있어야 한다. '일은 귀한 것'이라든가 땀방울의 소중함, 노동의 신성함 따위 신념으로 벌이는 텃밭 가꾸기는 자칫 놀이를 벗어날 수도 있다. 놀이를 벗어나는 순간 아이는 그것을 강요된 억

압으로 느끼게 될 테고, 강요의 느낌은 오랫동안 좋지 않은 경험으로 한 사람의 마음에 자리 잡게 될 것이다.

글쓰기 역시 마찬가지다. 글쓰기는 귀한 것도 소중한 것도 신성한 것도 아니다. 글자 쓰기, 글다듬기 따위의 모든 과정이 놀이 속에 있어야 한다. 놀이 속에서 하얀 종이에 적어 놓은 검은 글자들이 글을 쓴 아이의 손을 잡고 벌떡벌떡 일어나 소리가 되고 마음이 되고 젓가락 장단이 되고 시가 되고 노래가 되고 춤과 이야기와 그림이 되어 줄 것이다.

글쓰기 놀이 첫 시작은 어떻게 해 볼까. 한 문장 자세하게 쓰기는 어떨까. 스무고개 놀이, 뒷말 잇기 놀이처럼 누군가 첫말을 하면 그다음 사람은 그보다 더 속으로 들어가는 놀이.

개, 개 발바닥, 비에 젖는 개 발바닥,

고양이, 엎드린 고양이, 시멘트 담장 위에 엎드린 고양이의 등….

글감 찾기 놀이도 재미있겠다. 그냥 밖으로 나가서 글감을 찾아보자고 하는 것 말고, 초점 찾아 주는 놀이.

"시든 것을 찾아보자. 무엇이 있을까?"

고개 숙인 해바라기, 더위에 시든 풀, 개 머리통 만지지 마라 해서 시들었던 마음, 쇠줄에 묶인 채 아무렇게나 털썩 누워 헐헐 늘어뜨린 개 혓바닥….

글쓰기 놀이 속에서 지내다 보면 아이들의 눈과 귀에서는 기적 같은 일이 벌어질 것이다. 놀이 속에 있었던 경험만이 글쓰기의 즐거움으로 옮겨 갈 수 있다. 놀이의 경험만이 오래도록 살아남아 한 사람을 꽃피울 수 있다.

이만한 작대기

새벽까지 내리던 비가 그쳤다. 환하게 피었던 벚꽃 살구꽃이 폭삭 흩어져 내렸다. 바닥에 촘촘촘 달라붙은 꽃잎을 밟으며 걷다 보니 놀이터 미끄럼틀 근처가 떠들썩하다. 4학년 아이들이 우리 반 담임선생님을 둘러싸고 따지는 중이다.

"오빠들이 욕해요!"

선생님이 그럴 리 없다며 고개 젓는다.

"난 한 번도 못 들었는데? 우리 6학년은 무지무지 착한 오빠들만 있는데?"

우리 반 남자들이 착하다고? 처음 듣는 말이다. 설마 진짜로 그렇게 믿고 있는 것은 아니겠지.

"우리한테 욕했단 말이에요. 씨땡이라고."

"시땡? 시땡은 욕이 아닌데?"

선생님이 가던 길 가려고 한다. 4학년 아이들이 두 팔 벌리며 다시 그 앞을 막아섰다.

"씨… 요거요!"

4학년 지연이가 제기 차는 것처럼 한쪽 발 올리더니 그 발을 손가락으로 가리킨다. 씨 다음에 발을 가리켰으니 무슨 소리인지 뻔하다. 그러나 선생님은 여전히 모른다.

"시 요거가 욕이야?"

지연이가 아이고 답답하다며 가슴을 친다.

"발! 씨… 발… 했다고요!"

선생님이 더는 버티지 못하고 "미안, 몰랐어" 사과했다. 그리고 다시 묻는다.

"그런데 6학년 누가?"

4학년들이 여기저기 마구 말한다.

"전부 다요."

"욕 천재예요."

"욕 고고학자."

6학년 남자들 교육을 똑바로 잘 시키라고, 이만한 작대기로 퍽퍽 패 주라고 한다. 성격 안 좋은 6학년 남자들 앞에서는 말 못 하고, 대신 만만한 배추 선생님한테 화풀이하는 것이다.

"네, 제가 잘 지도하겠습니다."

선생님이 두 손 앞으로 모아 꾸벅 숙이며 인사했다. 저렇게 공손한 것은 마음이 상했다는 뜻이다. 먹구름 가득한 얼굴을 축 늘어뜨리고 처량하게 걷는다. 평소에는 미울 때도 있지만 오늘은 선생님이 불쌍해 보였다. 나는 도서관 가던 발길을 돌려 얼른 선생님을 따라갔다. 땅만 보며 터덜터덜 가다 말고 내 쪽을 본다.

"다정아! 교실에 이만한 작대기 있지?"

4학년들 들으라고 일부러 하는 소리다.

나는 "네! 큰 거 있어요!" 하고 큰 소리로 대답했다. 4학년 아이들이 환한 얼굴로 자리를 떴다.

내 생각에도 우리 반 남자들은 욕이 너무 심하다. 자기들끼리 얘기 나눌 때는 말 반, 욕 반이다. 아니, 욕이 더 많다. 하도 기막혀서 내가 귀 막고 자리를 떠난 적도 있다. 자기네는 유치원 때부터 욕이 입에 배서 어쩔 수 없단다. 유튜브 욕방을 보며 열심히 배웠다는 녀석도 있고.

교실 문을 열자 흩어져 웅성거리던 아이들이 하나둘 자리에 앉았다. 선생님이 아이들 하나하나 보며 말을 꺼냈다.

"너희 중에 누가 4학년 동생들한테 욕을 했어?"

아무 대답 없다. 당연하다. 꾸짖는 듯한 말투에 대답할 6학년이 어디 있겠나. 주먹 하나씩 물고 있는 입처럼 고요한 교실이다.

"6학년 남자들은 전부 욕 천재, 욕 고고학자라던데…."

"…."

"없는 욕도…."

선생님이 뭐라 더 말하다 말고, 말끝을 얼버무렸다. 그리고는 사라졌다. 아니, 교탁 아래로 쑥 내려간 것이다. 인형극 놀이할 때 가끔 저러신다. 저러다가 짠, 하고 올라와서는 "얘들아, 안녕?" 하며 인형을 흔들어 댔다. 그거 유치하다고, 눈 썩으니까 제발 하지 말라는 소리를 그렇게 듣고도 또 하려는지.

역시, 머리 하나가 쑥 올라왔다. 인형은 아니다. 얼굴에 눈가리개를 걸쳤다. 그런데 눈가리개 한쪽을 가위로 오려서 구멍 냈고, 구멍 뚫린 한쪽으로 까만 눈알을 굴리며 우리를 보고 있다.

"누가⋯ 욕을⋯ 했는가⋯."

착 깔린 음성에 느릿느릿한 말투, 애꾸눈.

"궁예다!"

강원도에서 자기가 역사 1등일 거라고 뻐기는 유안이가 소리쳤다. 역사 1등이 아니라 역사 꼴등이어도 그 정도는 안다. 사회 시간에 영상으로 보았던 후삼국 시대의 태봉 왕 궁예.

아이들이 킥킥거리며 웃는다. 상훈이가 손바닥으로 한쪽 눈 가리고 "누가 욕을 했는가" 하며 궁예 선생님 말투를 흉내 낸다. 선생님이 꾸중 대신 장난을 선택한 것 같다. 일령이가 순한 얼굴로 떠듬떠듬 대답했다.

"제가 걸어가는데 넘어지면서 신발이 벗겨져서 순간 놀라서 에이 신발, 이랬는데 그만⋯. 죄송합니다. 조심할게요."

그러니까 신발이 벗겨져서 자기는 '신발'이라고 했는데,

동생들이 '시발'로 잘못 들었다는 얘기다. 누가 들어도
거짓말이다.

"음, 관심법으로 보아하니 일령이는 타고난 성품이 거짓을
싫어하고 마음이 진실하니까 다음부턴 안 할 것으로 믿고
봐주고, 또 말할 사람?"

말만 하면 무조건 봐주기로 작정한 모양이다. 하긴 자존심
강한 일령이가 '죄송합니다' 하고 사과한 것만으로도 대단하다.

"야, 너 욕했잖아. 5학년 4학년 3학년한테."

"너도 하잖아."

"너는 인마 숨 쉴 때마다 하잖아."

"너는 자식아, 속에 욕이 꽉 차서 거기 배가 빵빵한 거야."

아이들이 자기 아닌, 남이 한 짓에 대해서는 아주 솔직하게
털어놓았다. 궁예 선생님이 목소리 깔고 점잖게 타일렀다.

"사랑과 존중 없는 말은 생명을 해치는 것. 너희들은 이제부터
나무한테도 돌멩이한테도 욕하는 소리를 입 밖으로 내지 말라.
알아듣겠는가."

아이들이 밝은 목소리로 대답했다.

"예."

"이제 조심할게요."

저마다 욕 안 하겠다는 다짐들을 하고 있는데 인성이가 조심스럽게 묻는다.

"그런데 전 짜증이 확 올라올 때는 눈에 뵈는 게 없어요. 그럴 때는 어떻게 해요?"

이건 또 다른 문제다. 인성이는 분노 조절에 어려움을 겪는 아이니까 욕 못 하게 하면 더 위험하다. 화가 폭발하면 박는다. 이마를 잘 박아서 별명이 '인조'다. 작년에는 교실 벽과 바닥에 자기 머리통을 짓찧은 적이 있고, 재작년에는 운동장에 뛰쳐나가 바위에 쾅쾅 박으며 자기 이마를 깨기도 했다. 궁예 선생님이 머뭇거린다.

"그러게. 확 올라올 때 참으면 너는 머리통이 깨질 텐데…."

상훈이가 '시발' 대신 다른 걸 하면 어떻겠냐는 의견을 내놓았다.

"어떻게?"

"말에 발을 달아요. 신발 때문에 짜증이 나면 신발, 키보드가 말을 안 들어서 짜증 나면 키발, 이렇게."

민우가 신이 나서 상훈이 말에 덧붙였다.

"그거 좋다. 나무에 머리 박으면 나발, 걸어가는데 새가 머리에 똥 싸면 새발, 이렇게."

선생님이 고개 갸웃거리는 동안 교실에 욕이 넘쳤다.
남자들끼리 이름에 발을 달아서 마구 욕한다.

"야이 상발아!"

"왜 민발아."

"유발이가 유발하네."

"환발이 환장하네."

궁예 선생님이 "그만!" 하고 중지시켰다. 선생님이 궁예를
버렸다. 안대를 벗으며 원래 배추 선생님 목소리로 말했다.

"동생들 잘 대해 주면 좋겠어. 오빠들이 욕해서 4학년들이
속상하대. 오죽하면 이만한 작대기로 패 주라고 할까."

배추 선생님이 몸짓으로 이만한 투명 작대기를 만들어서 손에
쥐었다.

"작대기야, 어디 갔니?"

내 쪽 보며 고개를 한 번 끄덕했다. 내가 신문지를 둘둘 말아서
선생님께 갖다 드렸다.

"오, 작대기, 멋지다."

신문지 막대기를 위에서 아래로 쭉 훑어보며 좋아한다.
그런데 막대기를 왜 자꾸 작대기라고 하는지 모르겠다. 선생님이
아이들한테 물었다.

"이 작대기로 무엇을 할까요?"

상훈이가 "칼싸움이요!" 하고 소리친다. 남자들은 참 단순하다. 손에 들기만 하면 칼 아니면 몽둥이다. 선생님이 막대기를 상훈이한테 넘겼다.

"다 덤벼라, 이 새×들아, 이얍."

상훈이가 칼자루를 일령이한테 넘겼다. 일령이가 넘겨받은 막대기를 자전거 손잡이처럼 쥐고 검은빛 슬리퍼 신은 두 발로 페달을 밟았다.

"비켜, 따르릉 따르릉."

자전거 손잡이는 하린이한테 넘어갔다. 하린이가 막대기 들고 앞으로 나가서 하나둘셋, 둘둘셋 저었다. 우리들은 하린이 지휘에 맞추어 노래를 불러야 했다. 귀찮지만 안 할 수 없다. 남이 할 때 무시하면 나도 나중에 똑같이 무시당할 수 있기 때문이다. 지휘봉은 민우한테 가서 몽둥이가 되었다.

"이 새×, 누가 공부 시간에 몰래 게임하래. 맞아야 돼. 퍽퍽퍽."

4학년이 패 주라고 말한 작대기로 오히려 신나게 놀고 있다. 나중에 4학년이 알면 난리 날 거다. 선생님을 가만 안 둘 것 같다.

"영차영차, 아이고 힘들어."

영지가 이마에 땀 닦으며 구덩이를 팠고, 구덩이 파던
삽자루는 나에게 넘어왔다. 나는 막대기를 손에 꼭 쥐고 숨을
잠깐 멈췄다. 자리에서 일어나 앞으로 나갔다.

"자, 보세요. 마법의 연필입니다. 그리는 대로 무엇이든
생겨납니다. 지금부터 이 마법 연필로 우리 반 남자들의 욕을
없애 주는 기적의 물건을 만들어 보도록 하겠습니다. 뾰로롱."

이러면 나한테 관심이 쫙 모일 줄 알았는데, 내 예상을 한참

벗어났다. 남자들이 재미 하나도 없다며 책상에 엎드렸다.
일령이가 입술 비죽거리며 내 말을 흉내 냈다.

"자, 어디 잘해 보세요. 우리는 그따위 사기 마법이 전혀
통하지 않는 사람이라는 것을 보여 주는 마법을 지금부터 보여
주겠습니다. 뾰로롱."

당황스럽지만 어쩔 수 없다. 태연한 척, 그대로 가 보는
수밖에. 마법 연필로 허공에 커다란 빨래집게 한 개와 뽕망치를

그런 뒤 책상에 엎드린 남자아이들을 가리키며 말했다.

"이 물건으로 아까 욕 안 하겠다고 한 말, 그 말을 지키도록
도와주고 말겠습니다. 뽀로롱."

남자아이들이 아흐으, 하며 아예 푹 엎드린다. 두 손으로 귀를
막고 책상 바닥으로 입을 꾹 막았다. 책상 바닥에 입과 이마가
닿으니까 코가 뭉개져서 납작해졌다. 속으로 투덜투덜 욕하는
소리가 내 귀에 들리는 것 같다. 불만스럽겠지만 어쩔 수 없다.
이건 어디까지나 놀이고, 지금은 내 차례니까 내 마음대로다.

"앞으로 욕을 할 때마다 이 커다란 빨래집게가 '집게집게집게'
하며 다가가서 욕하는 입을 꾹 집어 놓고, 뿅망치가 '뿅' 하고
날아가서 머리통을 뿅 후려칠 것입니다. 뽀로롱."

아무런 반응 없다. 교실이 썰렁해졌다. 말을 한 나도 머쓱하다.
어떻게든 되돌려 놔야 하는데, 더는 머릿속에 떠오르는 게 없다.
그냥 자리로 들어가려니까 멋쩍고, 남자들한테 지는 것 같고.
내 두 손을 귀에 대고 여자들 쪽으로 비스듬하게 기울이며 무슨
말이든 해 달라, 도와 달라는 표시를 했다. 은비가 알았다는
표시로 고개 까닥하고는 입을 열었다.

"이제부터 욕하는 사람은 반성문을 쓰게 해요."

"오, 반성문. 좋습니다."

내가 마법 연필을 쥐고 이쪽에서 저쪽 벽까지 커다란 공책을
만든 뒤 그 위에 '반성문'이라 썼다. 남자들은 아예 눈까지 감아
버렸다. 아무도 손도 머리도 들지 않았다. 책상 나무 판때기
속으로 파고들어 갈 것처럼 꽉 붙어 책상과 한 몸이 되었다.
입에서 언제 욕이 튀어나올지 불안하니까 불리한 규칙을
안 말하고 싶은 것이다. 자기들은 지금 여기에 없는 거나
마찬가지니까 이 자리에서 나온 말은 자기들과 아무 상관 없다는
표시를 하고 싶은 것이다.

영지가 손을 들었다.

"벌칙만 있는 교실은 사막이에요. 벌이 있으려면 상이 먼저
있어야지."

옳은 말이다.

"오, 상. 좋습니다. 어떤 상이 좋을까요?"

벌칙을 말할 때는 귀가 막히고 눈이 감겨서 아무것도 못 보고
못 듣던 남자들 얼굴에 갑자기 생기가 돌았다. 상훈이가 책상
바닥에 거머리 빨판처럼 붙었던 입을 바닥에서 떼어 내고는 그
입을 열었다.

"3일 동안 욕 안 하면 치킨 먹기."

일령이가 "오, 치킨!" 하며 닭다리 뜯는 흉내를 냈다. 닭다리

들고 우적우적 씹는 입과 입언저리, 입 위에 있는 콧등, 콧등
위쪽 이마가 책상에 꽉 눌려서 벌겋다. 잠깐 사이에 얼굴 색깔을
바꾸는 신기한 카멜레온 마법을 보여 준 것이다. 내가 마법
연필로 허공에 동그라미를 그리며 말했다.

"아주 좋은 의견입니다. 그런데 돈은?"

역시 돈이 문제다. 선생님한테 사 달라 할 수는 없고. 명환이가
손을 들었다.

"치킨 말고, 여행 가요. 자전거 여행. 3일 동안 욕 안 하면."

일령 카멜레온이 "오, 자전거!" 하며 손잡이 쥐고 달리는
흉내를 냈다. 선생님이 반대했다.

"사흘은 너무 가까워. 두 달은 어때?"

영지가 말했다.

"얘네는 태어날 때부터 입에 욕을 붙이고 나와서 두 달 동안
안 하는 건 불가능해요. 그러면 죽을 때까지 자전거 여행은 못
가요."

남자아이들이 그건 맞는 말이라며 끄덕였다. 그래서 기간을
조정했다. 두 달에서 한 달로. 한 달 동안 욕 안 하면 자전거 여행
가는 걸로. 내가 마법 연필로 기록한 것을 소리 내어 읽었다.

"욕하면 반성문 쓰기, 욕 안 하면 자전거 여행 가기."

마법 연필은 다음 사람 손으로 전해지며 망원경이 되었고, 독화살이 되었고, 심청이 아빠의 지팡이가 되어 "우리 청이 어디 갔나, 어디 또 욕하러 갔나 아이고" 하며 바닥을 더듬거렸다. 그리고 마쳤다.

주말 지나고 월요일 아침에 당장 다툼이 생겼다. 상훈이와 인성이 사이에 생긴 욕 때문이다. 인성이가 먼저 말했다.

"난 기분 좋게 학교에 왔어. 그런데 상훈이가 갑자기 나한테 '드립 치는 새× 다 죽여 버린다' 이랬어. 나는 그냥 뭘 물어본 건데 드립 치는 새×라고 말해서 나는 화가 났어. 이건 욕이야. 상훈이는 반성문 써야 돼."

이런 시시한 일로 욕을 해 대니 우리 반이 자전거 여행 가기는 글렀다. 상훈이가 말했다.

"인성이가 먼저 변태라고 했거든. 그래서 나도 그런 거지."

인성이가 말했다.

"상훈이가 남자와 여자가 ○○ 하면 애기가 생긴다고 했어."

"야, 네가 먼저 물어봤잖아! 아기는 어떻게 생기냐고."

자신이 똑똑한 줄 아는 유안이가 "잠깐만!" 하며 일어서더니 손바닥을 두 번 딱딱 치고는 칠판 앞으로 나가서 둘의 대화를 정리했다.

1. 인성: 아기는 어떻게 생겨?

2. 상훈: 남자와 여자가 ○○ 하면 돼.

3. 인성: 야, 이 변태야.

4. 상훈: 드립 치는 새× 다 죽여 버린다.

"너네는 어떻게 생각해?"

유안이가 안경을 밀어 올리며 물었다. 아이들이 칠판을
바라보며 생각했다. 성현이가 신중하게 말을 꺼냈다.

"1번 말은 별문제 없어. 2번 말은 야한 말이라서 잘못이 있고,
3번 말은 욕이니까 잘못이고, 4번 말도 욕이라서 잘못이야."

솔이가 조그만 목소리로 자기 의견을 밝혔다.

"1번 인성이 말은 상대방한테 이상한 말을 하도록 유도한
거니까 잘못이고, 2번, 3번, 4번도 잘못이야."

일령이가 큰 목소리로 말했다.

"1번은 그냥 물어본 거니까 잘못이 없고, 2번은 대답한 거니까
잘못이 없고, 3번은 상대방한테 변태라고 욕을 한 거니까
잘못이고, 4번도 욕이니까 잘못이야."

영지는 1번, 2번, 3번은 문제가 없는데 4번은 잘못이라 했고,
하린이는 2번, 4번만 잘못이라고 했다. 나머지 아이들도 자기

생각을 말했다.

인성이와 상훈이 둘 다 잘못한 걸로 말이 나왔다. 그럼 지난주에 결정한 대로 반성문을 쓰면 된다. 그런데 몇 글자를 써야 할까. 그건 아직 정하지 않았다. 유안이가 칠판에 표를 그려 놓고는 아이들한테 물었다.

"1번 말이 잘못이라고 생각하는 사람 손 들어 봐."

하나 둘 셋 넷, 손 든 숫자를 세었다.

"2번 말은?"

숫자를 세어서 칠판에 적었다. 이런 결과가 나왔다.

대화 　　　　　　　　판결	잘못이라 생각하는 사람
1번 인성: 아기는 어떻게 생겨?	3명
2번 상훈: ○○ 하면 돼.	7명
3번 인성: 이 변태야.	9명
4번 상훈: 드립 치는 새× 죽여.	12명

계산 결과 인성 잘못 12, 상훈 잘못 19가 나왔다. 반성문은 인성이 열두 문장, 상훈이 열아홉 문장 쓰는 걸로 결정.

"받아들이겠습니다."

"나도."

두 아이가 받아들인다고 했다. 인성이가 교실 벽에 머리 안 박고 분노 조절을 잘해서 정말 다행이었다.

지금은 쉬는 시간. 두 아이는 노는 대신 반성문을 쓰고 있다. 그런데 글자 쓰는 얼굴이 아주 신이 났다. 서로 많이 쓰겠다며 짧게 쓰고 짧게 쓰고, 끊어 쓰고 끊어 쓰고, 점 찍고 또 점을 찍으면서 문장 수를 늘렸다. 결국 쓰라는 문장보다 더 많이 썼다. 선생님이 참 잘 쓴 글이라 감탄하며 한참 들여다보더니 칠판에 붙여 놓았다. 둘의 반성문은 이렇다.

오늘 4월 12일이다. 또 사고가 터졌다. 무슨 일이냐면 이렇다. 내가 아침에 상훈이한테 말했다. "상훈아 너 나중에 결혼해서 아기 낳을 꺼야?"라고. 상훈이가 대답했다. 아기를 낳으려면 ○○ 하면 된다고. 그래서 나는 상훈이한테 말했다. "이 변태." 그러자 상훈이는 화가 났다. 화를 내며 말했다. "이 드립 치는 새○들 다 죽여 버려." 그 일에 대해 이렇게 학교에서 친구들과 토론을 했다. 토론 결과가 나왔다. 어떻게 나왔냐면 이렇다. 나도 잘못했다. 상훈이도 잘못했다. 둘 다 잘못했는데 상훈이 잘못이 더 큰 걸로 결과가 나왔다. 큭큭 개꿀. 잘못 레벨이 난 12점이다. 상훈이는 19점이다. 그래서 난 12문장 반성문을 쓴다. 난 이만 끝. (인성 23문장)

월요일이다. 아침이다. 난 책을 읽고 있었다. 누군가 나에게 다가왔다. 조인성이다. 나한테 물었다. "아기는 어떻게 생겨?"라고. 내가 그래서 말했다. "아 좀 조용히 해." 조인성은 포기하지 않았다. 또 물었다. 나는 그 말을 무시했다. 무시하고 또 무시했다. 하지만 조인성은 줄기차게 물었다. 웃으면서 말할 때부터 알았다. 조인성이 원하는 게 뭔지. 얼굴에 딱 드러났다. 나는 조인성이 원하는 대로 말해 주었다. "○○ 하면 생겨!"라고. 이렇게 말해 주면 좀 조용해질 줄 알았다. 그런데 조용해지지 않았다. 나는 관심법처럼 조인성의 마음을 읽어 냈다. 내 말에 대해 "변태"라고 할 게 딱 보였다. 역시나 조인성은 내 예상대로 나한테 말했다. "변태"라고. 내 생각이 딱 적중했다. 역시 조인성은 나한테 안 된다니까. 이 정도면 난 진짜 관심법 초능력자이다. (상훈 28문장)

욕이 떠다니는 교실

　'욕'은 사랑이 부족하거나 자존감이 낮거나 억눌림의 표시일 수 있다. 막힌 속을 뚫거나 친근감을 보여 주는 도구일 수도 있다. 어디까지나 탐구의 대상일 뿐, 무찔러 없애야 할 대상은 아니다. 욕을 오직 적으로만 보는 선생은 '욕을 하면 안 된다'는 생각에 갇혀서 한 발짝도 못 움직인다. 욕 따위는 발붙이지 못하게 하리라, 하는 선생의 강한 신념은 오히려 욕을 부추기는 효과를 가져올 수도 있다. 아이들은 금지된 것을 즐기기 위해 선생의 눈을 피해서 더욱 힘차게 욕을 하며 하루를 행복하게 보낼 것이다.

　'나는 욕 안 하는 바르게 살기 사람, 너는 형편없다. 고쳐라.' 이런 식으로는 아무것도 바꿀 수 없다. 위에서 내려다보는 '훈육' 교사가 될 바에는 차라리 아이들과 같은 자리에서 같이 욕하며 사는 '욕쟁이 교사'가 되는 게 더 낫지 않을까. 욕 안 하는 이쪽 편이 아니라, 욕 잘하는 저쪽 편에 서는 게 옳을 것 같다.

　문제가 생기면 아이들한테 물어보라.

　"욕하면 어떻게 할까?"

　허용된 교실이라면 온갖 의견이 쏟아져 나올 것이다.

　"소고기 구워 줘요."

"업어 줘요."

"한 글자에 쓰레기 다섯 개 줍게 해요."

아무 말이나 다 바르고 훌륭하다. 투표를 해서 한 가지 정해도 되고, 마음에 드는 걸로 골라도 되겠지. 욕쟁이 아이가 고른다면 어떤 것을 고를까.

'소고기 구워 주기', 이걸 고르라 권하고 싶다. 얼마나 좋나. 욕할 때마다 반 친구들은 욕 잘하는 자기를 위해 소고기를 구워 줄 텐데. 하지만 그걸 맘 편하게 먹을 용기가 없어서, 돈 모아서 고기를 구워 먹여 주며 떠들어 대는 친구들의 비난을 견딜 수 없어서 선택 안 하게 될 것도 같고. '업어 주기'도 마찬가지 부담이 클 테고. 아마 '쓰레기 다섯 개 줍기'를 선택하게 될 것 같다. 그렇다면 첫 번째로 걸린 사람은 교사가 되면 좋겠다.

"선생님, 욕했잖아요. 방금 씨○이라고."

두 글자 욕을 해서 아이들의 비난을 받으며 쓰레기 열 개 주우러 밖으로 나가는 교사의 뒷모습은 좀 쓸쓸하고 멋지지 않을까.

욕을 어떻게 할지, 세상 그 누구한테도 완벽한 해결 방법은 없다. 다만 이 일에 오래 머물러 볼 뿐. 넘쳐 나는 물이 길을 찾아가듯, 머물러 들여다보면 일이 스스로 길을 내서 흐를 수도 있을 테니.

협상

과학 실험 마치고 교실로 들어왔다. 내 자리에 앉으려 할 때 의자가 뒤로 밀려나는 바람에 엉덩방아를 찧었다. 꽈당 소리가 났다. 아픈 것보다는 창피했다. 상훈이가 웃는다.

"파하하 꺄까꺼까햐푸하히."

민우도 웃었다.

"푸붑."

배추 선생님은 더 기분 나쁘다. 두 손으로 입 가리고 콧구멍으로 바람을 뿜는다.

"풉! 큭큭. 이슬아, 난 안 웃었다. 풉!"

아, 기분 나빠. 후회하게 해 줄 거다. 이번에는 그냥 넘기지 않겠다.

지난번 체육 시간에 달리기할 때도 내가 "못 뛰겠어요, 조금만 뛰어도 무릎 아프고 숨이 차요" 하며 불평하니까 선생님이 웃으며 말했다.

"그건 무릎과 심장이 너의 살을 감당하기 어려워서 그래. 너랑 일령이는 살을 좀 빼야 돼."

그 얘기를 다른 애들 다 듣는 데서 그렇게 크게 말할 필요가 있었나. 나를 망신 주려고 작정한 것이다. 속 좋은 일령이는 아무렇지 않게 허허 웃고 말았지만, 나는 너무 창피해서 얼굴이 달아올랐다. 그때 선생님의 사과를 받아 주지 말았어야 했다. 그 일을 그냥 넘어가 주니까 나쁜 버릇을 못 고치고 오늘 또 이런 짓을 벌인 것이다.

나는 입술 꾹 깨물고 교실 일기장 펴서 글을 썼다. 교실 일기에 쓴 글은 우리 반 전체가 같이 읽고 이야기를 나누게 되어 있으니까 선생님은 각오 단단히 하는 게 좋을 것이다. 선생님도 이제는 선생님 자신의 잘못을 깨달아야 하고, 잘못했으면 대가를 치러야 한다. 오늘 일에 대해서 한 글자 한 글자 진하게 꾹꾹 눌러서 썼다. 이상하게도 연필에 힘을 주니까 어금니에도 힘이 들어갔다.

'두고 보자, 어떻게 되는지.'

하루가 갔고, 새 하루가 시작됐다. 아침 노래 시간에는 지난주에 만든 '컄컄'을 불렀다.

"뒷산에서 컄~컄 검은 새가 컄~컄…."

드디어 아침 이야기 시간이다. 나는 어제 벌어진 분통 터지는 사건에 대해 말을 꺼냈다. 교실 일기장을 펼쳐 들고 내가 쓴 글을 또박또박 읽었다.

"의자에 앉다가 넘어져서 아팠다. 그런데 엉덩이가 아픈 것보다 마음이 더 아팠다. 남의 불행을 보고 기뻐한 사람들. 배추 선생님, 김상훈, 구민우. 이들은 벌을 받아야 한다. 그중에서도 배추 선생님이 가장 크게 웃었다. 정말 실망했고, 슬펐고, 얄밉다."

발 빠르고 눈치 빠른 김상훈이 얼른 내 쪽으로 몸을 돌려 사과했다.

"이슬아, 미안."

민우도 사과했다.

"미안해. 다시는 안 그럴게."

선생님도 자리에서 일어나더니 내 쪽으로 꾸벅 고개 숙였다.

"잘못했습니다."

민우와 상훈이는 봐줄 수 있다. 하지만 선생님은 안 된다.

"사과 필요 없어요. 용서 못 해요. 영원히."

선생님이 당황한 얼굴로 뭐라 뭐라 변명을 해 댔다.

"사실 그때 난 안 웃으려고 손바닥으로 입을 틀어막았는데, 코까지 막아야 했는데, 그런데 나도 모르게 그만….."

더 듣고 싶지 않다. 식식거리며 내 의견을 말했다.

"난 정말 기분 나빴어요. 책임지세요. 벌 받아야 합니다."

은비랑 다정이가 "맞아 맞아" 하며 내 편을 들어 주었다.

배추 선생님이 입술 구기며 최대한 불쌍한 표정을 짓는다. 두 손바닥을 모으고는 금방이라도 눈물 흘릴 듯한 얼굴인데, 저건 쇼하는 거다.

나는 다시 한번 고개를 가로저으며 봐줄 생각이 전혀 없다는 뜻을 분명하게 밝혔다.

"안 됩니다."

"…."

'푸우우' 내쉬는 한숨 소리가 났다.

'털썩' 주저앉는 소리가 났다.

'풀썩' 고개 떨구는 소리가 났다.

선생님의 얼굴은 사라지고 정수리를 중심으로 까만 동그라미만 커다랗게 보였다. 다정이와 명환이가 까만 동그라미 쪽을 보며 울 것 같은 표정을 지었다. 일령이는 검은색 슬리퍼 신은 발을 달달 떨었다. 다른 아이들도 숨죽였다. 교실이 텅 빈 동굴 속 같았다.

'뭘까. 이 분위기는.'

창밖으로 꽤액 소리치며 외톨이새가 지나갔다. 땅벌 한 마리가 날갯짓하며 창가 유리창에 몸을 부딪친다.

"툭 투둑 투둑툭툭…."

푹 숙였던 고개가 천천히 위로 올라왔다. 이마가 보였다. 코가

보이고, 입이 보였다. 점점 올라오던 선생님의 얼굴이 내 앞에서
딱 멈췄다. 내 눈을 본다. 나도 피할 생각 없다. 두 눈에 힘을 빡
주고 선생님을 째려보았다.

　1초, 2초, 3초….

　저 눈에 아무런 표정이 없구나, 얼굴이 점점 뒤로
멀어지는구나 싶더니 갑자기 꽈당, 아이쿠, 소리가 났다.
선생님이 뒤로 나가자빠진 것이다.

　"크흑…."

　두 손으로 얼른 내 입을 막았다. 하지만 이미 늦었다.

　"웃었지!"

　선생님이 버럭 소리쳤다.

　"아니, 그건 일부러 자빠진 거잖아요!"

"웃었어."

선생님이 비틀비틀 허리 문지르며 일어서서는 방방 뛰었다.

"선생이 자빠져서 아파 죽겠는데, 학생이 그걸 보고 웃어? 어떻게 그럴 수 있지? 위로는 못 할 망정."

"…"

"몸도 아파. 마음도 아파. 어떡할래. 어떡할 거냐고!"

이래서 협상을 하는 수밖에 없었다. 남이 자빠질 때 웃은 것, 이번 한 번만 서로 봐주는 걸로.

그런데 협상이 끝났는데도 선생님은 등뼈와 허리에서 손을 못 뗀다. 어구구구, 하며 오래도록 주먹으로 등을 두드리고 문지른다. 허리 쪽을 비비 돌리며 찡그린다. 정말로 많이 아픈가 보다. 하긴, 넘어지는 소리가 그렇게 컸으니.

기록하는 것은 역사를 만드는 일

기록하지 않은 것은 세상에 없는 일. 엄청난 사건이 있었다고? 학교 운동장에 곰과 악어가 나타나서 마구 싸웠다고 한다. 곰이 한쪽 팔을 물렸고 악어는 이빨이 부러졌다 한다. 운동장에 먼지가 뿌옇게 일었고 바닥이 갈라졌다 한다. 그 잊지 못할 대단한 일을 한 아이가 끝까지 지켜보았다 한다.

그러나 그게 어쨌다는 것인가. 그 일이 비록 사실이었다 해도, 기록이 없는 이상 그 일은 원래부터 없었던 일이다.

누군가 아침에 학교 오다가 돌 틈에 핀 제비꽃을 보고 참 예쁘다고 중얼거렸다면? 그것을 글로 썼다면? 이것은 엄청난 사건이다. 제비꽃이 핀 게 사건이 아니라, 제비꽃을 본 게 사건이 아니라, 제비꽃 본 것을 기록한 것이 위대한 사건이고 역사다. 중요한 일이라 역사에 남는 게 아니라 기록했기 때문에 역사에 남는 것이다.

아이가 의자에서 뒤로 넘어졌을 때 자기도 모르게 웃을 수 있다. 흔하게 일어나는 실수다. 웃고 화내고 지나가면 그것으로 끝이다. 금방 잊을 것이다. 우리에게는 늘 더 중요한 다른 무엇이 있을 테니까.

그러나 이것이 기록으로 남았다면 달라진다. 이건 특별한 사건이다. 웃은 게 사건이 아니라, 웃어서 속상한 게 사건이 아니라, 웃어서 속상하다고 기

록한 것이 사건이다. 드디어 기록하는 교실이 되었다는 것, 이것은 역사의 순간이다. '기록'에 대해 존경을 표시할 필요가 있다. 기록이 나를 바꾸고 둘레를 바꾸고 세상을 바꾸는 힘이란 것을 보여 줄 필요가 있다. 기록이란 것 자체가 뜻을 가지고 힘을 가진다는 것을 알게 되면, 기록에 대한 아이들의 태도는 달라질 것이다. 어떻게 보여 줄까.

한 사람의 기록에 의해 교실 전체가 모여 이야기를 나누었다. 누군가는 사과했고, 누군가는 뒤로 자빠졌다. 기록에 반응했고, 기록이 만들어 내는 길을 드러내 보였다. 교실에서의 힘은 공평하다는 것, 교실에서 함께 만든 규칙은 교사와 학생 모두에게 공평하게 적용된다는 것을 보여 주었다. 다수결이나 큰 목소리로 움직이는 세상이 아니라 조그마한 소리라도 정의라든가 진실이란 것이 나와 둘레와 세계를 움직이게 하는 힘이라는 것을 보여 주었다.

기록하는 것은, 교실 일기를 적는 것은 역사를 만드는 일이다. 민주주의 교실을 만드는 일이다.

벨튀

"야, 꼬리 자른다!"

상훈이가 손가락 두 개를 가위처럼 짤깍거리며 다가왔다. 돌아서서 문 닫으려 했지만 이미 늦었다. 불쌍한 내 꼬리, 싹둑 잘리고 말았다. 상훈이가 잘라 낸 투명 꼬리를 높이 치켜들고 히죽거렸다.

"자아, 꼬리 팔아요. 하나에 200원."

꼬리 잘린 건 괜찮다. 어차피 없는 거니까. 문제는 규칙이다.

    1. 에어컨 켰을 때 문 안 닫은 사람은 꼬리 자르기
    2. 꼬리 잘린 사람은 죽기

이 말도 안 되는 규칙이 생겨난 건 내 입방정 때문이다. 교실에 에어컨 처음 켜는 날 에너지 절약하기 회의를 열었는데, 그때 내가 장난말로 "문 안 닫은 사람은 꼬리가 길어서 그런 거니까 꼬리를 팍 잘라 버려요" 했다. 그러니까 유안이가 "그럼 꼬리 잘린 사람은 사망" 이 말을 보탰고, 다른 애들이 그거 재밌겠다 해서 우리 반 규칙으로 정해지고 말았다. 내 입으로 말했으니 지킬 수밖에. 입만 있는 인간이란 소리를 들을 수는 없으니까.

나는 비틀거리다가 캑 쓰러졌다.

"아이고오~ 꼬리가 잘리니까 힘이 없어진 것 같네에~."

속으로 열 번 셀 때까지 죽어 있다가 엉금엉금 기어서 내 자리에 앉았다. 여자애들이 피식거렸다.

"완전 유치해."

"발연기."

쑥스럽기는 했지만 어쨌든 문 안 닫은 벌칙은 이걸로 때우고 넘어갔다.

교실 문 열고 닫는 건 어려운 일이 아니다. 닫힌 문을 열고, 열린 문을 닫으면 그만이다. 식은 죽 먹기다. 아니, 입 벌려 죽 먹는 것보다 손 내밀어 문 닫는 게 더 쉽다. 그런데 너무 쉬워서 자꾸 안 하게 된다.

여름방학 마치고 9월부터는 공기가 식어서 에어컨은 없어도 되었다. 바깥바람이 시원하니까 교실 문 열어 놔도 괜찮고, 그래서 규칙은 있으나 마나가 되었다. 벌칙에 재미가 붙어서 일부러 문 앞에 쓰러져 캑 죽는 시늉을 하는 녀석도 있지만, 그래 봤자 누가 보아 주거나 웃어 주지 않았다.

가을이 다 지나가고 날이 추워지면서 교실 문손잡이는 다시 중요해졌다. 마른 잎이 바람에 밀려 싸르르르 길바닥에 몰려다니던 11월 어느 날, 아이들이 우들우들 이빨 부딪히는 소리를 내며 말했다.

"으으으 춥다."

"히터 켜요."

선생님이 교실 천장을 손가락으로 가리켰다.

"오늘부터 에너지 절약, 문 꼭 닫고 다니기."

위로 향했던 손가락을 90도 앞으로 쭉 내밀고 뚜벅뚜벅
걸어가더니 교실 출입문 옆 벽에 붙은 히터 단추를 눌렀다.
교실 천장에 달린 하얀색 히터가 스우우우웅 우주선이 출발하는
소리와 함께 날개를 폈다. 아이들 눈이 선생님 손가락 끝을
따라서 천장으로 갔다가 히터 단추로 갔다가 다시 천장으로 옮겨
갔다. 천장에서 바람이 솔솔 나왔다.

"와, 따뜻하다."

명환이가 손뼉을 쳤다. 호기심 많은 하린이는 바람이 너무
간질간질하다며 바람 나오는 곳으로 얼굴을 돌려 들이댔다.

교실이 점점 따뜻해지고 있는 1교시 국어 시간, 한 사람씩
차례대로 교과서를 읽는데 성현이가 "선생님!" 하며 일어서는
왼쪽 손바닥을 오른쪽 주먹으로 세 번 똑똑똑 쳤다. 화장실
가겠다는 신호다.

성현이가 종종걸음 급하게 교실 문을 열었다. 성현이 몸이

문을 빠져나가 저만큼 가고 있는데 유안이가 교과서를 탁 내리며
외쳤다.

"어, 문 안 닫았다!"

성현이 두 발이 어둠 속에 꽂히는 번개처럼 멈칫했다. 애들도
교과서에서 눈을 떼고 복도에 얼음처럼 서 있는 성현이를
바라보았다. 머뭇거리던 성현이가 갑자기 비틀거리기 시작했다.

"아이고오 꼬리가 길어서 그만…."

여름에 정한 규칙을 떠올렸나 보다. 성현이 옆구리가 복도
바닥에 막 닿으려 할 때 선생님이 소 등에 앉은 파리 쫓듯 손을
휘휘 저으며 내뱉었다.

"그만! 그거 재미없어."

교실 분위기가 금방 얼어붙었다. 성현이는 화장실이 안
급해졌는지, 주먹으로 자기 머리를 쿵쿵 치며 자리에 들어와
앉았다. 바닥에 쓰러지지 못해서 더 창피할 것 같았다.

"안 춥지? 계속 문 열어 놔도 돼. 히터는 끌게."

선생님이 손가락 쭉 내밀고 걸어가서 벽에 붙은 히터 단추를
눌렀다. 따뜻한 바람을 뿜어내던 히터가 우르르르 실망스럽게
날개를 접으며 꺼졌다. 우리 반은 차라리 처음부터 히터가
없었던 것보다 더 추워졌다. 성현이는 쉬는 시간에도 화장실 안

가고 그냥 자기 책상에 엎드렸다. 벼락 맞아 고장 난 가로등처럼 눈만 끔벅거렸다.

다음 날 아침에는 다정이가 교실 문을 안 닫고 말았다.

"에너지 낭비. 이래서 북극에 얼음이 녹는 거야."

선생님이 기다리고 있었다는 듯 손가락으로 히터 단추를 눌러서 껐다. 유안이가 선생님 말에 맞장구치며 얼음이 녹아서 북극곰이 사냥 못 하는 얘기를 꺼냈다. 눈치도 참 없다.

배추 선생님은 도무지 성격을 모르겠다. 어떨 때는 친절한 듯하다가, 어떨 때는 콘크리트를 머릿속에 꽉 채운 것 같은 고집을 부리고.

쉬는 시간에 성현이랑 은비랑 몇몇 애들이 다정이 자리 둘레로 모여들어 불만을 터뜨렸다.

"우리만 펭귄이야. 5학년 교실은 엄청 따뜻해."

"그러니까 선생님이 자기만 따뜻하려고 쉬는 시간마다 교무실에 내려가는 거야. 거긴 히터 켰거든."

"히터 권한이 선생님한테만 있어야 돼? 선생님 혼자 교실 주인인가?"

내가 생각해도 이대로는 안 되겠다. 가만히 있으면 언제까지나 당할 것 같다.

쉬는 시간 끝나기 전에 내가 이번 주 반장으로 뽑힌 이슬이한테 가서 손가락으로 어깨를 톡 건드렸다. 솔이랑 수다 떨던 이슬이가 고개 돌려 나를 봤다.

"오늘 회의할 거 있어."

이슬이가 고개를 끄덕였다. 누군가 회의하자고 하면 반장은 회의를 열어야 한다. 그게 3월 첫날에 정한 우리 반 규칙이다. 반장이 일어서서 교실에 있는 몇몇 애들한테 말했다.

"야, 오늘 회의할 거야. 점심 먹고 못 놀아. 숟가락 놓고 곧장 교실로 와."

일령이는 회의에 참석하지 않겠다고 했다.

"난 닭장에 가서 닭이랑 놀아 줘야 해. 닭들이 내가 오기만 목 빠지게 기다려. 어제는 늦게 갔더니 수탉 목이 더 길어졌더라고."

환영이도 점심 먹고 다른 스케줄이 있다고, 텃밭에 가서 애벌레가 배춧잎 갉아 먹다가 추워서 얼어 죽은 것 뒷다리 두 개를 마저 그려야 한다고 했다. 안 오고 싶은 사람은 안 와도 된다. 관심 있는 몇 명만 모여도 회의는 연다. 대신 결정된 일은 따라야 한다. 이것도 규칙이다.

점심시간에 일령이랑 환영이 빼고, 우리 반 열두 명이 자리에 앉았다. 선생님이 이를 급하게 닦고 입술을 소매로 문지르며 자리에 앉았다. 선생님까지 넣어서, 회의 참가한 사람은 열세 명이 되었다. 반장 이슬이가 앞으로 나갔다.

"히터에 대한 규칙을 정하겠습니다. 아무렇게나 말해 보세요."

선생님이 코를 팽 풀고 오른팔 소매로 슥 닦더니 그 손을 곧장 들어 올렸다.

"갑자기 좋은 생각이 떠올랐어. 문을 안 닫는 사람이 있으면 히터를 끄고 전체가 춥게 지내는 건 어떨까요?"

그럼 달라지는 게 하나도 없다. 선생님 맘대로 히터를 끄겠다는 것이다. 내가 손을 들었다.

"그러면 히터가 있으나 마나 하잖아요."

선생님이 들었던 손을 더 높게 치켜올렸다.

"문 잘 닫으면 되잖아."

상훈이가 모자를 벗어서 책상에 탁 내려놓더니 목을 길게 늘이며 말했다.

"날마다 까먹는 애들이 있어서 안 돼요. 맨날 히터를 켜자마자 바로 끄게 되잖아요. 우리 반만 그래요."

투표를 했다. 둘 중 하나에 손 들기.

1. 한 사람이라도 문 안 닫으면 히터를 끄자.

2. 히터를 선생님 맘대로 끄지 말자.

1번에 손 든 사람은 선생님 혼자다. 아홉 명은 2번에 손을 들었다. 나도 2번에 들었다. 유안이랑 다정이는 기권이다. 반장이 결과를 말했다.

"히터를 선생님 맘대로 끄지 않는 것으로 결정되었습니다. 땅땅땅."

선생님이 목을 움츠리고 기어들어 가는 목소리로 말했다.

"결정에 잘 따를게요."

이제부터 우리 반은 문 안 닫는 한 사람 때문에 전체가 춥게 지내는 원통한 일은 없을 것 같다.

유안이가 손을 들었다.

"그런데 문을 닫아야 하는 건 맞아. 열이 빠져나가니까."

점심시간 끝날 시간이 9분 남았다. 반장이 벽에 붙은 시계를 힐끗 보고, 목이 짧아진 선생님을 흘끗 보며 말했다.

"그럼 방법을 말해 보세요. 문 안 닫으면 어떻게 할까요?"

나와 아이들은 생각나는 대로 대책을 내놓았다. 반장은 아이들 말을 칠판에 적었다.

1. 꼬리 자르기

2. 묶어서 교실 천장에 붙여 놓기

3. 운동장 열 바퀴 돌기

4. 잔소리 듣기

5. 벨튀

6. 봐주기

벨튀, 천장에 붙이기, 이런 건 관심 끌어 보려고 아무렇게나 뱉은 말이다. 장난말인 걸 알지만, 회의 자리에서 입 밖으로 나왔으니 정식 의견으로 인정하는 수밖에 없다.

점심시간 끝날 시간이 5분 3초밖에 안 남았다. 회의가 늦어지면 5교시 체육 시간을 까먹게 된다. 반장이 벽시계를 한 번 더 보더니 말소리가 빨라졌다. 자기가 받고 싶은 벌칙을 아무거나, 아무렇게나, 빨리 한 가지만 고르라고 했다.

여자 중에 영지랑 하린이만 빼고 나머지 아이들은 모두 4번 잔소리 듣기를 골랐다. 꼬리 자르기는 유치하고, 운동장을 열 바퀴 뛰는 건 땀 나고, 자기만 봐주는 건 더욱 싫고, 차라리 머리가 터지더라도 그냥 버티고 앉아 잔소리를 듣겠다는 것이다. 그럼 이제부터 영지랑 하린이 빼고 여자 중에 문 안 닫는 사람이 있으면 그 사람한테는 잔소리 폭탄을 날려야 한다. 듣는 사람도 힘들지만, 잔소리 늘어놓는 사람도 입이 아플 것 같다.

영지는 3번, 운동장 열 바퀴 돌기를 골랐다. 자기는 뜀박질 좋아하니까 운동장을 돌겠단다. 하린이랑 남자들은 잔소리 듣는 건 죽기보다 싫다며 5번, 벨튀를 골랐다. 원래는 아파트 벨을 누르고 도망가는 나쁜 장난을 벨튀라 하는데, 학교에는 벨이 없으니 벨 대신 문을 두드리고 튀는 걸로. 문 안 닫은 사람은 2층 복도 저쪽에 있는 교장실 문을 쾅쾅 두드리고 튀어야 하는 것이다. 튀다가 성격 안 좋은 교장 선생님한테 걸리면 어떻게 될지 생각만 해도 떨렸다. 회의에 오지 않은 일령이랑 환영이도 5번 벨튀다. 회의 자리에 없으니 남이 골라 준 대로 따르는 수밖에 없다. 선생님도 벨튀가 재미있겠다며 5번에 손을 들었다.

"교장 선생님이 손님이랑, 그것도 관계 기관에서 온 아주 중요한 내빈이랑 중요한 얘기를 한창 나누고 있을 때 누가 가서 문 두드리고 튀다 걸리면 엄청 혼날 거야."

배추 선생님은 교장 선생님한테 혼나고 있는 아이가 눈앞에 바로 보이는 것처럼 큭큭큭 웃었다. 남자들도 같이 웃었다.

"그럼 각자 자기가 고른 대로 지켜 주시기 바랍니다. 땅땅땅."

반장이 서둘러 회의를 끝냈다. 회의는 잘 마쳤는데 선생님이 컴컴해진 얼굴을 눕혔다 세웠다 갸웃갸웃 말을 꺼냈다.

"생각해 보니까 이건 안 되겠어. 우리가 우리 교실 문을 안 닫았는데 왜 아무 상관도 없는 교장 선생님이 고생을 해야 돼? 남을 혼내는 일도 고생이잖아."

성현이가 눈알을 하얗게 뒤집으며 소리쳤다.

"교장 선생님은 아이들 혼내는 걸 고생으로 생각하지 않아요. 오히려 즐거워하실 거예요."

상훈이가 고개를 절레절레 흔들었다.

"우리는 아무 잘못도 없는데 조회 시간에 꼼짝도 못 하고 서서 교장 선생님 말씀 듣는 고생을 해야 하는 건 어쩌고요."

하린이가 맞장구쳤다.

"맞아, 그리고 우리는 조회할 때 교장 선생님 혼자 우적우적 길게 말하느라 노는 시간 다 잡아먹는 걸 보고 있어야만 해."

선생님이 여전히 걱정스러운 말투로 말했다.

"나 벨튀 하다가 걸리면 학교 쫓겨날지도 모르는데…."

선생님 자신은 쫓겨나도 괜찮지만 자기가 없으면 학생들이 너무 슬퍼할 거라며, 벌칙을 바꿀 수밖에 없다고 한다. 벨튀 대신 잔소리를 듣겠다고. 성현이가 끼었던 팔짱을 풀며 선생님을 안심시켰다.

"우리는 선생님 없어도 슬픔을 견딜 수 있어요."

나도 거들었다.

"결정한 걸 취소하면 시시합니다. 입만 있는 사람이 되고 싶으세요?"

선생님이 세차게 고개를 저었다.

"입만 있는 사람이 되는 건 싫은데…."

드디어 결심했다는 듯 벌떡 일어서더니 '문 닫자 문 닫자' 중얼중얼하면서 손으로 눈꺼풀을 까뒤집고 뭘 쓰는 척했다. 눈꺼풀에 새겨 두면 절대 안 잊는다나. 눈만 감으면 눈꺼풀 속에 쓴 글자가 다 보인다며. 선생님이 글자를 새기는 동안 우리는 별 상관 안 하고 체육 하러 나갔다.

'문 안 닫으면 벨튀.'

이 규칙은 강력했다. 우리 반을 확 바꾸었다. 아침에 누가 문을 열고 들어와도 본체만체, 게임 얘기나 아이돌 얘기에 정신 팔렸던 애들이 달라졌다. 누가 문 열고 들어오면 한꺼번에 그쪽을 바라본다. 서로서로 반가운 척 인사한다. 규칙 전에는 문 안 닫는다고 투덜거리더니, 이제는 제발 문을 안 닫기만 바라는

것 같았다. 선생님이 두 손을 가슴에 모으고 감격스러운 얼굴로 말했다.

"아, 우리 반이 드디어 서로를 귀하게 보아 주는 교실이 되었구나. 사랑의 교실, 따뜻한 교실이 되었구나. 난 너희들이 너무도 자랑스럽다."

맨 처음 걸린 건 역시 배추 선생님이다. 이상하게 어른들은 새로운 일에 잘 적응을 못 하는 것 같다. 여름에 에어컨 규칙을 정했을 때도 맨 처음 걸려서 바닥에 쓰러지는 막장 연극을 한 건 선생님이었는데, 히터 규칙을 새로 정하니까 또다시 맨 처음 걸리고 말았다. 이번에는 전화기 때문이다.

쉬는 시간 되자마자 교실 전화벨이 울렸는데 선생님은 자리에 없었다.

"선생님, 전화요!"

아래층 계단을 내려가던 선생님이 눈꺼풀 속에 적어 둔 걸 미처 볼 사이도 없이 급하게 교실로 뛰어 들어와 전화를 받았다. 문을 활짝 열어 둔 채. 눈치 빠른 상훈이가 그걸 놓칠 리 없다.

"어, 문 안 닫았다!"

선거 때 후보 이름 외치듯 아이들이 입을 모아 한꺼번에

외치기 시작했다.

"벨튀! 벨튀!"

전화 받는 내내 벨튀 소리가 교실에 울려 퍼졌다. 선생님이
손가락을 세워 입술에 댔다가 다시 그 손가락으로 귀를
틀어막았다. 전화 통화를 하는 상대방 귀에도 벨튀 소리가
들어갔을 것이다.

수화기를 놓은 선생님이 우리들 앞에 똑바로 섰다. 두 손
모으고 눈을 꾹 감았다. 눈꺼풀에 새긴 글자를 읽는지 한동안
입술만 옴질거리더니 갑자기 손가락 한 개를 쑥 폈다.

"한 번만…."

우리는 단번에 거절했다.

"안 됩니다."

선생님이 손가락 다섯 개를 폈다.

"내일 수학 시험 볼 건데, 문제를 아주 쉽게 낼게."

거절했다.

"시험은 어려워야 시험이지요."

두 팔을 올려 하트 표시를 했다.

"사랑해!"

소용없었다.

"거부합니다!"

선생님이 감았던 눈을 떴다. 결심을 굳힌 듯 입술 꾹 깨물고 교실을 나섰다. 고양이 걸음처럼 손과 발을 사뿐사뿐 움직여 교장실 쪽으로 갔다. 우리는 교실 문을 빼꼼 열어 저만큼 멀어져 가는 선생님의 뒷모습을 지켜보았다.

선생님의 두 발이 교장실 문 앞에 멈칫 멈췄다. 주먹이 어깨 위로 올라갔다. 망설이듯 떨리듯 머뭇거리던 주먹이 허공을 가르며 내려갔다. 지켜보는 아이들의 눈동자도 선생님의 주먹을 따라 위에서 밑으로 내려갔다.

이제 문에서 소리가 날 테고, 선생님은 냅다 도망칠 테고, 교장 선생님이 꽥 소리치며 밖으로 나와서 "너 거기 서" 소리칠 테고, 선생님은 꼼짝없이 잡혀 들어가 엄청나게 혼나게 되겠지.

허공을 가르며 내려간 선생님의 주먹이 교장실 문에 닿았다.

"땅땅땅."

소리는 잘 안 들렸지만 들리는 것 같았다. 이제는 뛰어야 한다. 빨리 뛰어야 산다. 지켜보는 내가 더 떨렸다.

'덜덜덜컹덜컹두근두근흐읍 흡.'

그런데 이상했다. 선생님은 뛰어 도망치기는커녕 오히려 교장실 문을 열고 안으로 들어가는 것이다. 마치

교장 선생님한테 중요한 할 말이 있다는 듯. 잠깐 시간이
흘렀고, 선생님이 교실에 들어왔다.

"다 봤지? 아이고 떨려. 죽는 줄 알았네."

손바닥으로 불룩한 배를 쓸어내리며 안도의 한숨을 쉰다.

"완전 배신자. 그런 게 어딨어요!"

아이들이 한꺼번에 따지자 선생님이 둘러댔다.

"나 벨튀 한 거 맞아. 문 두드렸잖아."

"그건 벨튀 아니에요. 두드리고 튀어야 하는데 안으로
들어갔잖아요."

"어느 쪽으로 튀어야 하는지는 안 정했잖아. 나는 아무
쪽으로나 튀면 되는 줄 알았지."

하여튼 변명에는 귀신이다.

다시 회의 열어서 벨튀 규칙을 좀 더 자세하게
정했다. 두드리고 튈 때는 문 안이 아니라 반드시 문 바깥으로
튀기로.

그 다음다음 날 쉬는 시간에 상훈이가 걸렸다. 교실 문을 왈칵
열어 놓고는 가만히 눈알 굴리며 아이들 눈치를 살핀 걸로 보아
아무래도 일부러 걸린 것 같았다.

상훈이는 우리 학교 육상 대표 선수고 교육청 육상 대회에

나가서 금메달까지 땄으니까 발이 빠르다. 자신 있는 걸음으로 교장실 쪽으로 걸어가더니 교장실 문밖에서 몸을 풀었다. 일어섰다 앉았다 다리를 쭉쭉 펴며 준비운동을 마친 뒤에 우리들 쪽을 보며 고개 한 번 끄덕했다. 그리고는 교장실 문을 두드리고 곧장 튀었다.

비겁한 배추 선생님과는 차원이 달랐다. 아래층 계단을 향해 바람처럼 달렸다. 달리는 발자국 소리가 타다다다 공기를 타고 우리 귀로 전해 오는 동안 벌써 상훈이의 몸은 눈앞에서 사라졌다. 우리도 상훈이가 튀는 것과 동시에 교실 문을 닫고 아무 일 없는 것처럼 바르게 앉아 수학책을 읽었다. 선생님도 얼른 바르게 서서 칠판에 아무 글씨나 쓰고 있었다. 교실은 고요했고, 벽에 걸린 초침 바늘만 채칵채칵 소리 내며 두 바퀴 돌았다.

교실 문을 빼꼼 열고 교장실 쪽을 보았다. 아무 일도 안 일어났다. 교장 선생님이 교장실에 없었는지, 소리를 못 들었는지, 밖으로 나와서 살폈는지 알 수 없다. 하여튼 상훈이가 안 걸렸다는 것만은 분명한 사실이다. 상훈이는 자기가 아주 중요한 사람이 된 듯 고개를 빳빳이 세우고 교실로 들어왔다.

여자 중에 다정이도 문을 안 닫았다. 다정이가 고른

벌칙대로, 애들의 잔소리가 시작되었다.

"손이 없어?"

"문손잡이를 끝까지 잡지 않고 놓으면 자신의 인생도 같이 놓게 된다는 걸 알아야지."

"문 닫고 다녀야 착한 어린이가 되는 거야."

"작은 일을 할 수 있어야 큰일도 책임 있게 하는 사람이 되지."

잔소리가 줄줄이 이어지자 다정이는 "제발 그만! 머리가 터질 것 같아!" 우는소리 하며 귀를 틀어막았다. 이럴 줄 알았으면 자기도 벨튀를 하는 건데, 벌칙을 잘못 골라서 후회스런 인생이라고 했다. 하지만 늦었다. 못 바꾼다. 바꾸려면 또 회의를 열어야 한다. 다정이는 막았던 귀를 다시 열고 남은 잔소리를 마저 듣는 수밖에 없었다.

나도 걸리고 말았다. 수요일 아침에 가방 메고 교실 들어오며 먼저 온 애들한테 활기찬 목소리로 인사를 건넸다.

"안녕!"

교실에 있던 애들 눈이 한꺼번에 내 쪽을 향했다. 나는 그만 기분이 으쓱해서 두 손 활짝 벌려 손 흔들었다. 가쁜가쁜 걸어 들어와 자리에 앉으려는 순간 날벼락 같은 소리가 들려왔다.

"너 문 안 닫았네!"

아차 하며 돌아섰지만 이미 늦었다.

"너 벨튀인 거 알지?"

"교장 선생님이 방금 교장실로 들어가더라. 기분이 아주 안
좋아 보이던데."

책상에 이마를 찧으며 후회해도 소용없었다.

'아, 시간을 되돌릴 수만 있다면 얼마나 좋을까.'

나는 가방을 내려놓고 교실 밖으로 나갔다. 복도를 걸어
교장실 앞에 섰다.

'소리 안 나게 살짝, 두드리는 척 흉내만 내야지.'

하지만 우리 반 애들이 문밖으로 눈만 내놓은 채 저쪽에서
지켜보고 있으니 빠져나가기가 어려웠다. 번뜩번뜩 빛을 뿜으며
내 손을 따라 움직이는 수많은 눈알을 속일 방법이 떠오르지
않았다. 머릿속이 캄캄해져서 내가 뭘 하고 있는지도 생각이
안 났다. 눈앞에 엉켜 버린 실타래가 뱀처럼 꾸물거리고 공중에
발이 붕 뜬 것 같았다. 꼭 오므려 쥔 손에 땀이 고였다. 세게
두드리는 척 팔을 뒤로 젖혔다가 주먹이 문에 닿기 바로 직전에
속도를 줄였다.

"공공공."

냅다 뛰어 복도를 지나 교실로 들어왔다. 구경하던

애들도 덩달아 도망치듯 자리에 앉아 공부를 열심히 하기
시작했다. 선생님도 후다닥 칠판에 글씨를 썼다. 들켰을까? 잠시
뒤 살금살금 기어가서 교실 문을 빼꼼 열고 교장실 쪽을 보았다.
'흐흐흐 휴휴휴.'
　문 열고 나오시지 않는다. 이번에도 교장 선생님이 못
들었나? 안에 없었나? 다행이다. 괜히 쫄았네. 죽다가 살아난
기념으로 교실 일기장에 오늘의 역사를 기록해 두었다.

　　　살금살금 가서
　　　두드릴까 말까
　　　걸리면 어떻게 될까
　　　에라 모르겠다.
　　　두들기고 도망친다.
　　　쾅쾅
　　　다다다다다—

　　　걸렸을까
　　　교장 선생님이 나와서
　　　두리번거렸을까

후우

스릴 있다. 벨튀

그 이름도 끔찍한

벨튀

　이제 학교에서 가장 중요한 건 교실 문 닫는 일이
되었다. 악수하려고 손 내밀 듯 정중하게 문손잡이를 잡고 문을
연 뒤, 정성스럽게 밀어서 문을 닫았다. 문이 '달칵' 하며 잘
닫혔다는 신호를 보낼 때까지 끝까지 마음을 놓지 않았다.
　교실 문 앞에서 저절로 발걸음이 느려졌고, 움직임이
신중해졌다. 아이들 눈길은 교실 손잡이로 몰렸고, 문 닫는 일은
하늘만큼 땅만큼 중요해졌다. 노는 시간보다 밥 먹는 시간보다
집 가는 시간보다 더 중요해졌다. 문만 잘 닫으면 하루가
평화로웠다.
　한동안 아무도 걸리지 않았다. 아무 일 없이 일주일이 가려
했다. 그런데 금요일 둘째 시간 시작할 때 누가 걸렸다. 몸이
뚱뚱하고 말소리가 느릿느릿한 아이, 일령이다.
　"아흑, 어떡해."
　일령이는 교실 바닥에 주저앉아 어깨를 들썩들썩하며

울었다. 우는 척하는 거다.

"너한테는 검은빛 슬리퍼가 있잖아. 괜찮아."

하린이랑 여자들이 격려하자 할 수 없다는 듯 느릿느릿
자리에서 일어나 복도로 나갔다. 검은빛 슬리퍼를 벗어 손에
들고 입김 한번 후우 불어 넣고는, 다시 두 발에 갖춰 신고
무거운 몸을 살살 옮겨서 교장실 문으로 향했다. 콩콩콩 치더니
쿵쿵쿵 도망쳤다. 이번에도 안 걸릴까?

"누구야! 너 이리 와!"

소리가 나자마자 우리는 잽싸게 교실 문 닫고 공부를
시작했다. 선생님도 칠판에 글씨를 쓰며 모처럼 열심히 공부를
가르치기 시작했다. 감히 누구도 교실 문 열어 볼 엄두를 못
냈다.

일령이는 2교시 마치고 쉬는 시간에도, 3교시 때도, 4교시
때도 교실에 오지 못했다. 점심시간이 지나고도 한참 더
있다가 5교시 시작할 때쯤 교실로 돌아왔다. 교장실에서
초코파이 하나 먹고 반성문을 앞뒤 꽉 채워서 열여덟 장 쓰고
겨우 풀려나왔다 한다. 6학년이 세 번이나 장난을 친 걸로
되어서 6곱하기 3만큼 써야 했다고. 며칠 전에 상훈이랑 내가 문
두드리고 튀었던 일까지 모두 일령이 짓이 되고 말았다. 선생님

것까지 합치면 원래는 스물네 장인데, 교장 선생님이 눈치 못
채서 그나마 다행이었다.

배추 선생님이 걱정스런 얼굴로 물었다.

"너 설마 교장 선생님한테 내가 시켰다고 한 건 아니지?"

일령이가 고개를 저었다. 교장 선생님이 한두 번도 아니고
왜 자꾸 장난이냐고, 화가 엄청 나서 입에 거품을 문 채 의자
위에서 팔짝팔짝 뛰며 꾸짖었지만 자기는 가만히 있었다고,
다른 사람 이름 안 대고 그냥 자기가 다 한 걸로 인정했다는
것이다. 선생님이 우리 반의 영웅이니 의리맨이니 하며 뭐라
뭐라 추켜세우는 말을 했지만 일령이는 두 손으로 머리 감싼 채
책상에 얼굴을 묻었다.

5교시 마치고 쉬는 시간에 상훈이가 책상에 엎드린 일령이
곁으로 다가갔다.

"넌 너무 느려. 나처럼 빨리 뛰어야 안 걸리지."

고개 빳빳하게 세우고 깐족거렸다. 자기 자신이 중요하다고
생각하는 사람은 남의 괴로움이 안 보이는가 보다. 일령이는
말대답하기 귀찮다는 듯, 파리 쫓듯 손을 휘휘 내저으며 말했다.

"가!"

상훈이는 그쯤에서 멈춰야 했다. 그런데 안 멈췄다. 여전히

우쭐우쭐 으스댔다.

"그러게 평소에 나처럼 운동을 좀….."

일령이가 책상에 묻었던 얼굴을 천천히 들어 올렸다. 얼굴이 막걸리 먹은 옆집 아저씨처럼 벌겋게 달아올랐다. 분위기가 안 좋다. 저러다 싸움이 붙으면 우리 반은 또 회의를 해야 한다. 꼼짝없이 자리에 앉아 폭력이 왜 나쁜지 생각하는 시간을 가진 뒤 폭력을 없애기 위한 규칙을 세워야 한다. 축구 하려고 편까지 미리 갈랐는데, 회의 때문에 시간을 그냥 날려 버릴 수는 없다. 나는 남이 싸울 때 말리는 것보다는 구경하는 걸 더 좋아하지만 축구를 위해서는 어쩔 수 없다.

"얘들아, 그만."

내가 얼른 다가가서 상훈이와 일령이 어깨를 손으로 짚어 꾸욱 눌렀다. 일령이가 어깨를 움찔하며 내 손을 털어 냈다. 그 순간 나는 균형을 잃고 앞으로 꼬꾸라질 뻔했다.

일령이는 주먹을 꽉 쥔 채 몸을 일으켜 상훈이와 정면으로 마주 보고 섰다. 상훈이 키가 조금 더 컸다. 일령이가 발뒤꿈치를 살짝 들어 보다가 걸상을 밟고 올라섰다. 상훈이가 고개 들어 일령이를 올려보았다. 일령이가 다시 책상을 밟고 올라섰다. 상훈이가 고개 젖혀 일령이를 우러러보았다.

일령이의 검은빛 슬리퍼 두 짝이 반짝 빛났다. 천장에서 나오는 히터 바람이 일령이의 정수리 부분 머리카락을 부스스 날렸다. 책상 위에 우뚝 선 일령이가 손가락을 쭉 내려 상훈이 얼굴을 가리켰다.

"너는 내 자부심을 밟았어!"

그러고는 안테나가 주파수를 맞추듯 손가락으로 하나하나 아이들 얼굴을 가리켰다.

"너네도 다 똑같아!"

무슨 말을 하는 건지 모르겠다. 일령이는 화가 나면 말도 안 되는 말로 마구 우기는 버릇이 있다.

책상 위에서 붕 뛰어내린 일령이는 닭이나 보러 간다며 교실 문을 획 열어젖히고 나가 버렸다. 교실 문을 안 닫았으니 또 벨튀다. 그러나 누구도 감히 '너 문 안 닫았다' 이 말 꺼내는 사람이 없다. 다들 입 다물고 모르는 척하는 분위기다.

벨튀, 이대로는 안 되겠다. 오줌이 마려워도 교실 문 닫는 게 겁나서 화장실을 못 가겠다. 교장 선생님한테 걸릴까 봐 무서운 것도 있지만 우리 반 친구끼리 서로를 고생 구덩이로 밀어 넣는 것 같아 마음이 안 좋다. 아무래도 교실 문에 대한 회의를 다시 열어야 할 것 같다.

교실을 움직이는 것은 한 사람의 말

누군가 말을 꺼내면 그대로 가 보자.

"올해 우리 학교 동아리는 무엇으로 할까?"

"구덩이 파기 동아리요!"

"사냥 동아리!"

병아리 키우기 동아리, 집 짓기 동아리, 사진 찍기 동아리, 삼겹살 굽기 동아리, 수박화채 동아리, 버스킹 동아리….

사공이 많아져서 배가 산으로 가도 좋다. 구덩이 동아리는 구덩이를 깊게 파서 물 채워서 메기 키워서 매운탕 끓여 팔아서 돈 벌면 되고, 사냥 동아리는 산에 가서 멧돼지 잡아서 삼겹살 구우면 되고, 집 짓기 동아리는 외양간 지어서 소 키우면 좋고, 버스킹 동아리는 노래 만들고 연습해서 길거리 공연을 나가면 되겠고, 사진 찍기 동아리는 사진 찍어서 뭐 하면 되고.

하자는 대로 가 보자. 와글와글 온 사방에서 말이 일어날 것이다. 교사는 아이들 뒤에 숨어서 불 지피고 부추기면 그만이다. 어른이 앞에 나서서 옳은가 그른가, 되는가 안 되는가를 판단할 필요 없다. 어른이 나서는 순간 벌떡 일어서려던 말들은 힘없이 시들고 말 테니.

"교실 문 안 닫으면 어떻게 할까?"

"교실 천장에 붙여 놔요."

"꼬리 잘라요."

와글와글 장난스럽게 내뱉은 말들이 일어나 배를 산으로 몰고 가서 엉뚱한 규칙을 만들어 냈다. 뒷일은 말을 꺼낸 자신들 몫이다. 곧 자신들의 말로 세운 규칙이 어떤 세상을 만들어 내는지 확인하게 될 것이다.

벨튀 놀이 덕분에 교실 문 닫는 것이 중요해지기는 했다. 벨튀 놀이 덕분에 '서로가 보아 주는 교실'이 되기도 했다. "서로 보아 주는 교실이 되어야 해" 하고 가르친다고 그렇게 되는 것 아니다. 한 사람 한 사람의 말이 가진 대단한 힘 때문이다. 《반지의 제왕》에 나오는 제왕 반지도 아이들의 말로 세운 규칙의 힘에는 못 미칠 것이다.

벨튀 놀이를 통해 자기들이 세운 규칙이 자기들을 가두는 감옥이 될 수도 있다는 것, 다른 사람의 고통을 즐기려는 마음으로 세우는 규칙이라면 다 같이 힘들어질 수 있다는 것도 깨닫게 되었다. 아이들은 다시 자신들의 말들로 새롭게 세울 것이다. 말로 세우는 세상에서는 말이 진실하고 정의롭고 아름다워야 한다는 것도 느끼게 되었을 것이다.

학교 건물을 지은 재료는 철근과 콘크리트지만, 교실 공간을 채우는 재료는 사람의 목소리이다. 한 사람의 말이다. 한 사람 한 사람의 말이 벌떡벌떡 일어나 나를 바꾸고 둘레를 바꾸고 세상을 바꾸는 곳, 첫 시작은 교실이다.

크흑, 이제 멸망인가

"내가 엄청 힘들게 뚫은 건데, 나쁜… 형형….."

인성이가 폭발했다. 울며 소리치며, 쿵쿵쿵 교실 바닥에 자기 머리를 짓찧는다.

정유안이랑 구민우랑 몇몇 아이들이 교실 한쪽에서 숙덕거린다.

"인조다, 인조. 여긴 삼전도."

"인조의 급발진…."

배추 선생님이 입술에 손가락 대고 눈을 끔벅했다.

"쉿, 조용히."

울부짖음은 줄기차게 이어졌다.

"내 동굴! 똑같이 해 놓으라고! 50분 동안 힘들게 팠으니까 너네도 50분 동안 파라고. 형형…."

동굴이 아니라 모래 구멍이겠지. 학교 운동장 잔디 사이 틈을 메우는 데 쓸 모래를 놀이터 귀퉁이에 부려 놓은 건데, 아이들이 거기 몰려들어 논다. 모래 언덕에 올라가 미끄럼틀 타고, 길 만들고, 탑 쌓고 구멍 뚫는다. 또 누군가는 남의 작품을 신나게 부수기도 한다. 여태껏 이렇게 놀며 아무 문제 없이 지내왔다. 그런데 오늘 갑자기 이것 때문에 난리가 난 것이다.

인성이가 힘들게 뚫어 놓은 동굴을 밟아 뭉갰다는 아이는 둘이다. 민우와 상훈이. 발 빠르고 눈치 빠른 상훈이는 "너한테 소중한 건지 몰랐어, 미안" 하고 얼른 사과했다. 민우는 죽어도 사과할 뜻이 없다. 허리 꼿꼿이 세우고 입 굳게 닫고 고개 설설 젓는다. 자기한테 책임을 지게 하려면 미리 알렸어야 하는데 부수지 말라는 푯말 같은 것 하나 없었다, 삽질 몇 번이면 파는 그깟 모래 굴을 50분 동안 파라고 하는 게 말이 되느냐, 이런 기적 같은 논리는 결코 받아들일 수 없다, 한다. 민우 똥고집도 일령이 못지않다. 민우가 말하는 동안 잠시 조용했다. 그러나 곧 시끄러워졌다.

"그깟 모래 굴? 그게 왜 그깟 거. 형형⋯."

인성이가 다시 통곡하며 머리를 찧기 시작했다. 이건 누가 보더라도 이마가 터지도록 통곡할 만한 사건은 아닌데, 인성이는 자기 혼자 쓰는 교실도 아닌데 행동이 지나친 것 같다. 아이들도 불만스러운 얼굴이다. 성현이는 손바닥으로 두 귀를 틀어막았고, 하린이는 어이없다는 듯 입을 허어 벌렸다.

선생님은 인성이 편을 들었다.

"인성이는 보통 사람한테는 없는 특별한 감각을 가졌어. 전파를 잡아내는 안테나처럼 공기 중에 떠다니는 감정의 주파수를 잡아내는 감각."

선생님이 말하는 동안 잠시 조용했다.

"이런 사람은 아주 작고, 안 보이고, 안 들리고, 흩어지고 스러지는 느낌들까지 느껴. 그래서 남보다 더 슬픈 거야."

인성이가 머리 찧던 자세 그대로 멈췄다. 자는 듯 엎드리더니, 눈물 찍어 내며 공책에 뭔가를 적었다.

공책을 받아 든 선생님이 속으로 읽었고, 다시 소리 내어 읽었다.

내 소중한 성

똥이 집같이 생긴 성

모래로 만든 성

정성을 다해 만든 성

내 상상의 세계

그걸 무너뜨렸어.

확 부서졌어.

허무하게 무너졌어.

내 마음이 다 무너졌어.

빗물처럼 빠르게 마음이 아퍼.

아주 정성을 다해 만든 동굴

구멍 뚫는 데 50분 걸렸어.

손으로 파고 작대기로 파고.

그 동굴 속을 통해서 성에 올라가 보고 싶었어.

5학년 한결이랑 4학년 지연이랑 같이 파면서….

"너무 감동적이야."

환영이가 손등으로 눈물 훔치는 시늉을 했다. 선생님이 먼 곳을 보며 낮은 목소리로 말했다.

"모두는 안 슬픈데 나는 슬프고, 기쁨은 하늘까지 오르고, 분노는 땅 밑바닥으로 처박히고. 엄청난 예술가의 감성이야. 베토벤 고흐 권정생 같은 아이가 우리 곁에 있었구나."

나도 생각이 바뀌었다. 남들한테는 그깟 시시한 모래 구멍이지만 인성이한테는 아닐 수도 있다. 모래성 앞에 조그맣게 쪼그려 앉아 펼쳐 내던 거대한 상상의 세계를 누군가 밟았으니 자기 자신이 짓밟히는 느낌이 들 수도 있었겠다 싶다.

공부 마치고 헤어질 때 선생님이 인성이한테 "형님, 존경합니다" 하고 인사했다. 인성이가 피식 웃었다.

방과후 교실에 가서 서예 선생님이 쓰라는 붓글씨 '평화'를

쓰다가 시간이 다 되어서 밖으로 나왔다. 교문을 나가는데
어디선가 떠들썩한 소리가 났다. 고개 돌려 보니 놀이터
저쪽에서 먼지구름이 와글와글 피어올랐다. 나는 가던 발길을
돌려 그쪽으로 다가갔다.

웅성거리는 아이들 한복판에 인성이와 민우가 있다. 서로 마주
보고 서서 식식거린다. 인성이 머리에는 피가 나고, 민우 손에는
박살 난 휴대폰이 있다. 둘이 살벌하게 싸우다가 지금은 멈춘
상태라고 한다. 선생님이 달려왔다.

"무슨 일이야? 왜 싸웠어?"

둘의 말을 정리하면 이렇다.

민우는 오늘 방과후 수업을 빼먹고 모래 언덕으로 갔다.
인성이한테 말로 사과하는 대신 자기가 부순 것 원래대로
해 놓으려고. 창고에서 삽 갖고 와서 구멍을 파는데 아무리
해 봐도 안 됐다. 파면 무너지고 또 파면 또 무너지고.
손으로 살살 파내던 걸 삽으로 푹푹 팠으니 무너질 수밖에
없었겠지. 민우가 그만 지쳐서 삽을 모래에 꽂아 놓고 잠깐
쉬었다.

그네에 앉아 쉬는데, 하필 그 순간에 인성이가 나타났다.
인성이 눈이 회까닥 뒤집혔다. 보니까 모래 더미는 마구

헤쳐졌고, 그나마 남아 있던 구멍마저 뭉개졌고. 일부러 삽까지 들고 와서 엉망으로 망쳐 놓은 그 나쁜 녀석은 퍽이나 만족스럽다는 듯 룰루랄라 평화롭게 그네나 타고.

인성이의 급발진 분노 폭발.

"야 이 새×, 나쁜 놈아!"

인성이가 욕하고, 가방 집어 던지며 덤벼들었다. 처음에는

뒷걸음질로 피하던 민우도 마냥 당하고 있을 수는 없어서
주먹을 휘둘렀고, 점점 싸움이 커졌고, 어느 순간 민우 손에
있던 휴대폰이 인성이의 머리통을 내려친 것이다. 한 번 두 번
세 번 네 번…. 휴대폰이 깨졌고, 인성이 머리에 상처가 났다.
맨손으로 싸워도 안 되는데, 휴대폰을 무기로 써서
공격하다니. 배추 선생님은 심각한 사이버폭력이 벌어졌다며
펄펄 뛰는데, 이건 사이버폭력이 아니다. 사이버폭력보다 더
나쁜 폭력이다.

　다음 날 교실 회의를 열어 잘잘못을 따졌다. 사회자 이슬이가
하나하나 칠판에 적었다.

　　1. 구멍 뚫어 주려 한 민우 마음은 칭찬

　　2. 구멍 뚫기 실패로 더 망쳐 놓은 것 잘못

　　3. 사과하려는 마음 못 보고 무조건 덤벼든 인성이는 잘못

　　4. 욕한 것 잘못

　　5. 가방 집어 던진 것 잘못

　　6. 주먹 휘두른 것 잘못

　　7. 손에 도구 들고 공격한 것 큰 잘못

　　8. 남의 머리에 구멍 낸 것은 아주 큰 잘못

잔소리 듣기, 반성문 쓰기, 봉사 활동 하기, 이런 말이 나왔다. 평소에는 나온 말 중에 하나를 고르면 되었지만 이번에는 아니다. 심각한 사건이라 한 가지 벌칙으로는 부족하다고, 괴롭고 힘든 고개를 세 번 넘어가며 뼈아픈 후회를 겪어 봐야 한다고 했다. 민우와 인성이가 회의 결과를 받아들인다 했다. 이슬이가 주먹으로 한 번 두 번 세 번 땅땅땅 내리치며 회의를 마쳤다.

첫째 고개, 아이들이 차례대로 돌아가며 잔소리를 던졌다.

"폭력은 안 돼."

"화부터 내는 버릇은 고쳐."

"손에 도구를 들고 공격하는 건 비겁한 짓이야."

"앞으로 조심할 거지?"

민우와 인성이는 친구들이 한마디 할 때마다 "알았어" "이제 안 그럴게" "조심하겠습니다" 하며 정중하게 대답했다. 첫 번째는 무사히 통과다.

둘째 고개, 반성문을 썼다. 통과했다.

셋째 고개, 쉬는 시간마다 봉사 활동을 했다. 인성이는 5일 만에 봉사 활동을 마쳤고, 민우는 그보다 오래 끌며 마쳤다. 대충 흉내만 낼 줄 알았는데, 마지막 쓰레기 한 개까지 정확하게 줍고

마무리 지었다.

　세 고개 다 넘었다. 싸움에 대한 대가는 치렀다. 하지만 아직
남은 게 있다.

　'휴대폰 금지.'

　민우는 휴대폰을 폭력 무기로 썼으니 다시는 손에 들지
못한다. 그날 무기로 썼던 휴대폰은 고칠 수 없어서 버렸다
하니 그건 자기 사정이고, 서울에서 휴대폰 가게 하시는 아빠가
새로 한 개 보내 준대요 어쩐대요 말이 있지만, 그건 우리
반 아이들이 모두 반대한다. 선생님도 반대다. 우리 반 학급
회의에서 결정한 일이니 세상 누구도 못 바꾼다. 그러나 한 가지
길은 있다.

　'자기 손으로 벌어서 마련하는 것은 허용.'

　민우가 어렵고 험한 그 길에 도전하겠다고 했다. 날마다
일하고, 일한 값을 계산해서 망가뜨린 휴대폰값이 될 때까지
돈을 모으는 것이다. 값이 되면 그때는 휴대폰을 누가 주든지
사든지 상관 안 하기로. 어차피 실제 돈이 아니라 장부에만 있는
가짜 돈이니까 일값 계산은 아주 후하게 쳐주기로 했다.

　민우는 아침마다 자기가 집에서 한 일을 말했다.

　"거실, 주방, 내 방, 동생 방, 창고 방, 작은할아버지 방,

큰할아버지 방, 이렇게 청소했고, 화장실 바닥 물 빠지는 구멍에 머리카락이 뭉쳐 있어서 화장지로 감싸서 한 움큼 집어 버리고, 또 변기통에 오줌 눠서 튄 거, 누렇게 얼룩 오줌 자국이 있는 거 물로 닦았어. 동생이 빵 먹은 접시 씻었고.”

민우가 말하면 아이들이 계산했다.

방 한 칸 청소는 1000원인데 일곱 칸이니까 7000원,

머리카락 한 움큼은 300원,

변기통 닦기 1500원,

접시 씻기 500원,

모두 합쳐서 9300원.

아이들이 계산하면 이슬이가 기록했다. 장부에는 차곡차곡 돈이 쌓였고, 한 달 지난 6월 23일 오늘까지 27만 3200원어치 일을 했다. 민우는 더욱 열심히 일하고 말하고 기록했다.

쓱쓱빡빡 스슥삭삭

변기통에 묻은 누런 얼룩을 닦는다.

빵 먹은 접시를 씻는다.

방을 치운다.

개는 뼈다귀를 얻으려 달려가지만

나는 내 마음의 빛이 이끄는 대로 움직일 뿐

청소기 소리 위힝 쭈우웁

일 안 해도 되는 인성이까지 나섰다. 자기 머리 때문에
친구가 고생하니까 자기도 날마다 집안일을 해 보겠다 한다.
멋지다. 의리 있다. 인성이 일값도 민우 휴대폰값에 보태기로
했다.

요즘 우리 반은 '모래 싸움'을 주제로 노래와 춤, 연극을
만드는 중이다. 인성이와 민우의 싸움에서 영감을 받아 탄생한
작품이다. 사건을 돌아보며 '그때 이랬으면 좋았을 것'을 하는 게
있으면 살짝 비틀어 바꾸고, 우정과 의리의 순간은 더욱 부풀려
빛나게 하고, 배경음악 넣고, 고치고 다듬었다.

제 1장. 성 쌓기. 한 사람씩 등장하며 모래성으로 변신.
배 불뚝 교장 선생님 등장. 운동장에 쌓인 모래 더미를
둘러보다가 발을 멈춘다.
"이야, 이거 예술이네. 누가 이렇게 예쁜 성을 쌓았을까."

제 2장. 성 부수기. 민우와 상훈이 등장. "와, 부수자!"

발로 밟는다. 정지. 성 부수는 노래 시작. (처음 쓴 시는 성을
공격하는 게 구민우였는데, 민우가 자기 이름 빼 달라고
부탁해서 '구질라'로 바꾸었다.)

인성이가 쌓은 성
위험해 위험해
구질라가 성을 공격한다.
후화악 후화악
뜨거워 뜨거워
전원 공격!
피익 퓽 두두둑 두두둑 깽깽
쾅 피이익 쾅

인성이가 쌓은 성
위험해 위험해
구질라가 성을 공격한다.
대장님 우리의 공격은
구질라의 피부 조직을
뚫을 수가 없습니다.

크흑 이제 멸망인가.

제 3장. 좌절. 부서진 성문 앞에서 성 주인 혼자 엎드려
울기. 6/8박자로 느리고 슬프게 노래하기.

내 소중한 성
똥이 집같이 생긴 성
모래로 만든 성
정성을 다해 만든 성
내 상상의 세계.
그걸 무너뜨렸어.
확 부서졌어.
허무하게 무너졌어.
내 마음이 다
무너졌어.

4장은 둘이 싸우다가 머리통 깨는 장면, 5장은 후회하고
화해하고 여럿이 힘을 합쳐 아름다운 성을 쌓는 장면으로
마무리했다.

되풀이 연습하며 보태고 빼고 다듬으니 멋진 뮤지컬 작품이 되었다. 뮤지컬 제목은 뭐로 할까. 모래판의 결투? 아름다운 인생? 우리는 점점 좋아졌다. 배추 선생님이 우리가 만든 공연을 보더니 숨을 멈추고 감탄했다.

"얘들아, 우리 동남아 순회공연 갈까?"

지금 여기 이 자리

　학교에서 일어나는 모든 것은 공부다. 실수도 실패도 부끄러움도 귀한 공부다. 슬픔도 서러움도 귀하다. 싸움도 귀하다. 귀한 것은 금방 사라지게 해서는 안 된다. 머물러 보자. 토론을 하든, 글쓰기를 하든. 사회나 도덕 시간에는 민주주의를 얘기해 볼 수 있고, 미술 음악 체육 과목의 예술이나 움직임 공부로 삼을 수 있다. 놀이나 연극을 할 수도 있고.

　친구 신발을 절벽으로 던져 버렸다고? 저런, 엄청난 일을! 벌주고 야단이라도 쳐야겠지. 아니, 약하다. 처벌받았으니까 자기 잘못이 다 사라진 것으로 여길 수도 있다. 에잇, 이미 지나간 일이니 차라리 잘됐다고 치자. 머물면서 풀어 가다 보면 뜨거운 일들이 펼쳐질지도 몰라. 함께 신발값을 벌어 볼 수도 있고, 신발을 만들어 볼 수도 있고, 신발 연극, 신발 노래, 신발 율동, 신발 그리기, 신발 짝짝 캐스터네츠, 신발의 역사 찾아보기, 신발 던지기, 한쪽 발만 신발 신고 뜀박질, 신발 봉사 활동….

　둘이 싸우다가 한쪽이 머리가 깨졌다고? 이 엄청난 사건이라니! 안 일어나면 좋았을 일인데, 어쩌나. 지구의 시간을 되돌릴 수도 없고. 에잇, 이미 지난 일이니 차라리 잘됐다 치고 머물면서 들여다보자. 어떻게?

　시 쓰고 노래 만들고 악기 연주를 했다. 머리 깨지는 연극 공연을 했다.

손수레에 악기 싣고 나가서 길거리 공연을 했다. 경험을 예술 활동으로 바꾸는 동안 싸웠던 두 아이는 그때의 장면을 오래 붙들고 오래 들여다보게 되었을 것이다. 예술 작품 속의 주인공이 되어 움직이는 인물을 통해 스스로를 돌아보게 되었을 것이다. 그곳의 나와 지금 여기의 나를 보며 한 발 내딛는 발걸음이 조심조심 새롭게 되었을 것이다.

아이들이 가진 생명의 힘은 그 일이 무엇이더라도 다시 딛고 나아가게 한다. 바람이 불면 바람 덕분에 나아가고, 해가 나면 해 덕분에 나아간다. 넘어지면 그 덕분에 나아간다. 하늘은 높아서 좋고 땅은 낮아서 좋고 내일은 월요일이라서 좋고.

산개가 타닥타닥

6월 어느 날, 학교에 무서운 소문이 돌았다.

"산에서 와. 엄청 커."

"몸 전체가 불타는 색이야."

"저녁에 자전거 타는데 시커먼 그림자가 쫓아왔어."

"내가 아우우우 따라 했더니 뭔가가 확 덮쳤어."

동생들이 겁먹은 얼굴로 떠들어 댔다. 나는 못 봤다. 환영이는 봤다는데, 떼로 다니면서 꼬랑지가 어쩌고 엉덩이를 틀어막고 어쩌고 한다는데 그게 무슨 소리인지 확실치 않고, 배추 선생님은 헛소문 따위에 휘둘리지 않겠다며 고개를 휘휘 저었다. 학교 뒷산에서 내려온다는 그 엄청난 것은 입에서 입으로 꼬리를 물며 떠돌았다.

"우리가 정탐하자."

은비가 발 없는 말이 천 리 가는 거라면서, 떠도는 말에 휩쓸리지 말고 우리 두 눈으로 확인해 보자고 했다.

은비랑 나는 토요일 아침 일찍 학교로 나왔다. 강당 바깥벽에 붙은 빗물받이 홈통을 타고 강당 옥상으로 올라갔다. 옥상 시멘트 바닥에 납작 엎드린 채 뒷산 대나무 숲을 살폈다.

아침 7시 40분, 시끄럽게 울던 매미 소리가 잦아든다 싶더니 나무 사이로 뭔가가 움직였다. 우거진 풀과 검푸른 대나무

그늘을 배경으로 붉은빛 몸뚱이가 나타났다.

"늑대다!"

나는 눈을 크게 뜨며 놀랐다. 은비가 쉿, 하며 내 손을 꼭
잡았다.

붉은 털, 찢어진 눈, 날카로운 이빨, 험상궂게 생겼다. 꼬리를
뒷다리 사이에 끼우고 자신의 냄새를 감춘다. 코를 땅바닥에
바짝 대고 살핀다. 은비가 살며시 휴대폰을 꺼내 카메라 버튼을
누르자마자 녀석이 뭔가 낌새를 챘는지 홱 돌아서 대숲으로 가
버렸다. 한참을 기다렸지만 끝내 나타나지 않았다.

월요일에 보니 학교 뒤뜰에 열 무더기, 열한 무더기, 온통 똥
천지다. 산개가 떼로 몰려다니는 걸 봤다는 환영이 말이 사실일
수도 있겠다. 은비랑 내가 정탐하면서 찍은 사진을 선생님한테
보여 주었다. 선생님 눈이 커졌다. 말까지 더듬었다.

"이건 우리만 알 일이 아닌데…."

둘째 시간 끝나고 쉬는 시간이 되자 옆 반 선생님이랑
학교 선생님들이 하나둘 우리 교실로 모였다. 휴대폰 사진을
들여다보며 한마디씩 했다.

"엄청나다."

"곰이네 불곰."

놀라는 소리, 웅성거리는 소리가 교실을 채웠다. 나중에는
교장 선생님도 오셨다. 교실로 들어오는 교장 선생님은 아이들의
얼굴보다는 발을 먼저 보았다. 누가 또 내빈 실내화를 신었는지
살피는 것 같았다. 모인 자리에서 선생님들이 비상 대책 회의를
열었다. 4학년 선생님이 말했다.

"뒤쪽 산에서 오니까 학교 뒤로 그물을 둘러치면 어떨까요."

행정실장님이 고개를 절레절레 흔들었다.

"온 사방으로 다 터져 있는데 뒤만 막는 게 뭔 소용입니까.
눈속임이잖아요. 책임만 피하려고. 돈만 낭비지."

과학 선생님이 안경알을 닦으며 말했다.

"야생 들개가 나타난 건 까닭이 있어요. 첫째, 급식소에서
나오는 음식 쓰레기를 밖에 내놓지 말아야 합니다. 또 6학년이
고양이 먹이를 주고 있는데, 그것 때문에 개가 올 수도 있어요."

그 말 때문에 우리 반 청소 당번 중에 '고양이 밥 주기' 당번이
일자리를 잃고 말았다. 내가 개 붙잡자는 의견을 내고 싶어
입술을 달싹거렸다. 낚싯줄에 뼈다귀를 매달고 기다렸다가 개가
다가오면 살살 당겨서 학교 건물 안으로 끌어들이고, 들어오는
순간 출입문을 닫으면 될 것 같다. 나의 완벽한 계획을 여러
사람 앞에서 발표하고 싶었으나 말 많은 어른들이 잠시도 말을

멈추지 않았고, 나는 발언권을 얻지 못했다. 교장 선생님만 길게 우리한테 훈화를 늘어놓고 말았다.

"여러분, 혼자서 학교 건물에서 멀리 떨어지면 안 됩니다. 교실 밖으로 나갈 때는 여럿이 같이 다녀야 해요. 안전한⋯."

교장 선생님이 관계 기관에 연락해서 해결할 테니 걱정 말라고, 어린이들은 그저 안전하게 지내면서 주는 밥이나 잘 먹고 공부나 열심히 하라고 했다. 그리고 회의를 마쳤다.

다음 날 경광등을 켠 순찰차가 와서 학교 둘레를 한 바퀴 돌고 갔다. 교장 선생님이 연락한 관계 기관이 순찰차인가 보다. 순찰차가 도는 동안 녀석은 자리에 없었다.

면사무소에서 면장 아저씨가 와서 망원경으로 산을 살피며 걱정하는 말을 늘어놓았다. 밤중에 닭이 죽었다, 기르던 개가 뒷다리를 물렸다 하며 무슨 대책이든 세워야 한다고 하셨다.

군청에서 누런 작업복 입은 아저씨가 와서 포획틀을 설치해 놓았다. 옆집 할머니가 구부정하게 걸어와서 포획틀을 내려다보고는 버럭 화를 내셨다. 포획틀보다 개가 더 크다며. 아저씨가 변명했다. 군청에는 이보다 큰 포획틀이 없어서 어쩔 수 없다고, 정신을 집중해서 작게 웅크리고 한 발씩 침착하게 구겨 넣으면 들어갈 수도 있다고 했다.

소방서에서 소방대원들이 긴 막대기를 들고 출동했다가
되돌아갔다. 바람처럼 달리는 개를 쫓아가 잡으려면 그런
막대기로는 어림없다.

예비군 중대장님도 학교에 왔다. 교장 선생님 후배라고 했다.
나중에 선생님한테 들으니 군인도 소용없었다고 한다. 교장
선생님이 중대장님한테 군인들이 총 들고 가서 산을 수색해 달라
부탁했지만 안 된다 했다고, 요즘 군인한테 위험한 일 시키면
부모들한테 항의 전화 받는다고 한다.

아이들 눈은 온통 산으로 향했다. 대나무 숲 너머로 참나무가
빽빽하고, 산 중간부터 정상까지는 바위투성이인데, 개는 산
정상 바위틈 어딘가에 자리를 잡은 것 같다. 아이들은 아침
시간에도 쉬는 시간에도 점심시간에도 친구 얼굴이 아니라 산을
흘긋거리며 이야기 나눴고, 산을 보며 점심밥 먹으러 갔고, 산을
보며 수돗가에 이 닦으러 갔다.

"누나, 내 운동화 못 봤어?"

목요일 쉬는 시간에 서쪽 현관으로 나가려는데 2학년
남자아이가 하늘색 운동화 한 짝을 손에 들고 울먹였다. 아침에
학교 올 때 분명히 두 짝 다 벗어서 신발장에 넣었는데, 2교시

마치고 오니 한 짝만 여기 있다는 것이다.

요즘 뭔가를 잃어버렸다는 아이가 한둘이 아니다. 3월에는
우리 반 일령이랑 남자들 실내화가 없어져서 서로를 의심하며
한참을 찾아다녔다. 얼마 전에는 다정이가 수돗가에서 빨아
말리던 파란색 걸레가 없어졌고, 명환이가 왼쪽 발에 신고
있던 양말이 감쪽같이 사라졌다. 명환이 말로는 아침에 식탁에
앉아 밥 먹을 때 자기는 분명히 두 쪽 발 모두를 양말 속에
집어넣고 밥 먹었다고, 자기 발이 양말 속에 있는 걸 할머니도
봤다고 한다. 그런데 학교에 와서 보니 오른쪽 발만 양말을 신고
있더라는 것이다.

"얼마나 다행이냐. 양말이 여기 있고 우리 명환이가 없어진
것보다야, 명환이가 있고 양말 한 짝 없어진 게 낫지 뭐."

배추 선생님이 태평스런 얼굴로 명환이를 위로했지만,
명환이 얼굴은 펴지지 않았다. 잃어버린 게 양말 하나면 차라리
다행이지. 실내화를 잃었고 양말 한 짝을 잃었으니 이대로 가다
보면 더 중요한 무언가를 잃어버리게 될지 알 수 없다는 게
명환이의 하소연이었다.

사람 짓이 아닌 것 같다. 의심 가는 데가 있었다. 우리 반
아이들이 범인을 찾아 나섰다. 신발 끈 단단하게 조이고 손에

나무 작대기 하나씩 들었다.

"출동, 나를 따르라!"

뒤뜰 지나 풀이 우거진 비탈을 오를 때까지는 일령이랑 몇몇 남자아이들이 앞장섰다. 그런데 숲이 가까워지자 용감한 척 앞장섰던 남자들이 자꾸 뭉그적거렸다. 할 수 없이 은비랑 내가 앞장서서 나아갔다. 걸리적거리는 풀을 후려쳐 길을 내며 대나무 숲으로 들어섰다.

숲속은 한낮인데도 어두컴컴했다. 댓잎 흔들리는 소리, 뻐꾸기 울음소리, 아이들 숨소리가 숲을 채웠다. 향긋한 대나무 냄새에 동물 입 냄새가 섞여서 다가왔다. 냄새가 오는 쪽으로 코를 벌름거리며 한 발 한 발 나아갔다. 좁은 대나무 틈새를 비집고 빠져나가는 게 힘들었지만 우리는 포기하지 않았다. 나무뿌리에 걸리지 않게 조심조심, 막아서는 대나무를 밀어내며 끙차끙차, 위로 위로 올라갔다.

"저기!"

은비가 가리키는 산언덕 저쪽으로 길 같은 게 어렴풋이 보였다. 그쪽으로 방향을 틀어서 나아갔다. 사람이나 곰이 다니기에는 너무 좁고, 그보다 작은 짐승이 다녔을 것 같은 길이 나타났다. 뭔가가 하도 밟고 다녀서 겉으로 드러난 대나무

뿌리와 흙바닥이 반질반질 윤이 났다. 환영이가 쭈그려 앉아
손가락으로 흙바닥을 긁었다. 흙 묻은 손가락을 코에 대고
킁킁거리더니 짐승 발바닥 땀 냄새가 진하게 배어 있는 것
같다고 했다. 발바닥 땀 냄새 나는 짐승 길은 대나무와 대나무
사이로 꼬불꼬불 이어져서 산 위쪽으로 뻗어 올라갔다.

"찾았다!"

이끼 낀 바위를 지나 두 번째 꼬부라진 길 위에 아이들 물건이
줄지어 널렸다. 장화 한 짝, 실내화 두 개, 하늘색 운동화 하나,
빨간색 모자, 막걸리병, 물방울무늬 우산, 그리고 파란색 걸레와
교장 선생님이 그토록 아끼는 내빈용 실내화도 있었다.

은비가 "아니 땐 굴뚝에 연기 날까, 와아!" 하며 감탄했다.
일령이가 대나무를 밀어내며 길을 뚫고 가서 잃어버렸던 자기
실내화 한 짝을 집어 들었다.

"이젠 소용없어. 개가 고맙게도 남겨 두고 간 한 짝,
쓰레기통에 갖다 버린 지 오래됐으니까."

개나 신으라며 있던 자리에 툭 던져 놓고는 "진짜
진공청소기는 내가 아니라 개였다니까" 중얼거렸다. 내가 가서
2학년 아이가 잃어버린 하늘색 운동화랑 주인 모르는 청색 장화
한 짝을 주워 왔다. 명환이는 어째서 자기 양말만 여기 없냐며

투덜거렸고, 하린이는 구멍 난 우산을 주워 들고 울먹이는
목소리로 할머니한테 전화했다.

그동안 학교에서 자기 물건이 없어졌다 하면 귀신 아니면
개가 한 짓이라는 소문이 돌았는데, 사실이었다. 개가 아이들을
좋아해서 그러는 건지 어쩐지는 알 수 없지만, 남의 물건에
손대는 버릇은 고쳐야 할 것 같다.

교장 선생님이 연락한 관계 기관에서는 아무도 산개 문제를
해결 못 했다. 연락받고 학교에 오는 것까지는 열심히 했지만
달라지는 게 없었다. 관계 기관 사람들은 현관에 아직 남아 있는
내빈용 실내화를 신고 교장 선생님과 마주 앉아 차를 마시면서
"허어 참, 큰일입니다" 하며 걱정스런 얼굴로 산을 바라볼
뿐이었다.

어른들은 그저 차나 마시고 걱정이나 열심히 하면 된다.
어른이 못 하면 어린이가 나서야 한다. 우리 반만 따로 개 회의를
열었다. 개가 학교에 안 나오게 하는 방법은 무얼까. 개가 남의
물건에 손대지 않게 하는 방법은 무얼까. 배추 선생님 손이 번쩍
올라갔다. 오랜 고민 끝에 내린 결론이라 한다.

"유해 조수 포획단이라고 있거든. 거기에 연락하자."

성현이 눈이 반짝 빛났다.

"유해 조수? 그 사람들한테 연락하면 개를 붙잡아 주나요?"

선생님이 고개 저었다.

"아니. 총으로 쏴 줘. 우리 옆집도 옥수수밭에 멧돼지 오는 걸 그 사람들이 밤에 와서 쐈어. 탕, 하니까 꽥, 하고 쓰러져서 배를 벌럭벌럭하며 죽던데. 주둥이에 총구멍이 났어. 거기서 검붉은 피가 막 흘러나와 바닥에 고이더라. 아이고 끔찍해."

성현이가 버럭 소리쳤다.

"총은 안 돼!"

"총 쏘는 건 나빠요."

"총 쏘라고 시키는 사람은 더 나빠."

선생님 의견은 받아들여지지 않았다. 내가 의견을 냈다.

"우리가 붙잡자."

말보다는 주먹이 먼저 나가기 때문에 싸움이 잦은 민우가 겁먹은 얼굴로 말을 더듬었다.

"그 개가 빠른데, 이빨이 날카로운데, 그걸 어떻게 잡아?"

내가 "긴 낚싯줄에…" 하며 입술을 달싹 떼는 순간 은비가 벌떡 일어났다. 나는 입을 닫고 말았다. 은비가 칠판 앞으로 나가더니 분필로 설계도를 그렸다.

"함정을 파는 거야. 여기 이렇게 구덩이 파고, 요 위를 신문지로 덮고 나뭇잎으로 덮으면 끝.”

간단하고 쉽다. 뼈다귀 낚시 얘기는 안 꺼내길 잘했다.

“그래, 함정!”

“파자!”

민우랑 상훈이가 팔을 굽혔다 펴며 땅 파는 거는 자신 있다고 했다. 배추 선생님 혼자 반대했다.

“날씨가 이렇게 더운데 구덩이를 어떻게 파? 난 반대.”

“선생님한테 파라고 안 해요. 우리가 파요.”

내가 말했고, 아이들도 거들었다.

“파요, 파요.”

“우리가 알아서 할게요.”

우리끼리 판다는 말에 선생님이 “그럼 알아서 해” 하며 팔짱을 끼고 돌아섰다.

“공부 시간에 파도 돼요?”

공부를 싫어하는 명환이가 물었다.

“안 돼. 공부 시간에는 공부해야지.”

선생님이 어림없다며 고개 저었다. 환영이가 머뭇머뭇 입을 뗐다.

“그럼 체육 시간에 지구 중심을 향해 파도 돼요?”

그건 된다고 하신다. 구덩이 파느라 삽질하면 체력 훈련이 된다며.

"국어 시간에 파요. 땅 파고 개에 대한 시를 써요. 제안하는 글쓰기도 하고. 그러면 땅 파는 게 국어 공부잖아요."

이슬이가 조리 있게 말했다. 선생님이 이쪽으로 몸을 돌리며 그거 좋은 생각이라고 했다.

"수학 시간에도 파요."

은비가 말했다.

"수학은 구덩이와 아무 관계가 없는데?"

선생님이 고개 저었다.

"수학도 구덩이와 관계있어요. 통계와 비율이 나오잖아요. 1분 동안 파낸 흙과 삽질 수를 계산하면 하루 동안 파 들어갈 구덩이의 깊이를 예측할 수 있거든요. 구덩이 깊이에 따른 지질 그래프를 만들 수 있고."

선생님이 팔짱을 풀며 크게 끄덕였다. 은비 말이 맞다고, 구덩이가 깊어질수록 수학 실력도 깊어질 것 같다고 했다.

개 함정 어떻게 만들까, 우리끼리 바짝 붙어서 좀 더 자세한 계획을 짰다.

"구덩이에 빠져도 다시 위로 올라올 거야. 개가 점프 잘해."

"아주 깊이 파면 돼. 한 5미터."

"그래도 벽 타고 올라와."

구덩이 판 뒤에 드럼통을 묻기로 했다. 드럼통 벽이
미끄러워서 못 올라올 거다. 그래도 모르니까 드럼통 바닥에
그물을 깔기로 했다. 드럼통 함정에 빠지는 순간 그물에 앞발
뒷발이 엉켜 허우적거릴 테고, 엉킨 발로 공중 점프는 불가능할
것이다. 계획대로만 되면 개는 다 잡은 거나 마찬가지다.

"좋았어."

"가즈아."

일령이가 "짝!" 소리 나게 손뼉 치더니 갑자기 국어 공부가 막
되는 것 같다며 당장 시를 한 편 썼다.

산개가 타닥타닥
학교를 내려다본다.
우우웅 활활 우우웅 활활
나도 산을 보며 개처럼 짖는다.
우우웅 활활 우우웅 활활
개
무서운 개

치타같이 뛰는 개

잡아야 된다, 잡아야 된다.

영차 영차

쉬는 시간과 점심시간에 구덩이를 팠다. 체육 시간에 팠다.
국어 시간에 팠고 수학 시간에도 팠다. 구덩이 파며 시를 썼고,
구덩이 파며 1분 동안 삽질한 숫자를 기록했고, 1분 동안 판 흙을
자루에 담아 저울에 쟀고, 그래프를 그렸다.

땅파기 대회가 아닌데도 아이들은 훅훅 토해 내는 숨이
흙바닥에 닿도록 삽질을 해 댔다. 지난번 실과 시간에 개집 짓기
할 때는 손에 가시가 들었다, 근육이 땅긴다, 개 밥 먹는 소리가
싫어졌다 어쨌다, 이런저런 핑계를 대며 빠지더니, 지금은
아니다. 그때는 해도 되고 안 해도 되는 일이었지만, 지금은 안
하면 안 되는 일이니까. 이건 생명이 걸린 문제니까.

쉬지 않고 팠다. 대나무 숲 어귀에 평평했던 땅이 어느새 움푹
구덩이로 바뀌었고, 우리는 구덩이 안쪽에 들어서서 구덩이 벽과
바닥을 호미로 긁고 삽으로 퍼냈다.

"어우, 열심히 하네."

배추 선생님은 삽자루에 몸을 기대고 서서 설설 구경이나

했다. 자기는 분명히 구덩이 파는 거 반대했으니까 일을 해야 할 아무런 의무가 없단다.

"아이고, 치사해라."

성현이가 들릴 듯 말 듯 구시렁거렸다.

파고 또 파고, 해 나는 날도 파고 비 오는 날도 파고. 해 나는 날은 햇볕 쨍쨍 그을리며 팠고, 비 오는 날은 2인 1조로 앞에서 삽질하고 뒤에서 우산 씌워 주며 팠다. 처음 며칠은 아침에 깨끗한 옷으로 학교 왔다가 땀범벅 흙투성이 옷으로 집에 돌아갔다. 나중에는 아예 아침부터 흙 묻은 옷을 입고 세수도 잘 안 하고 학교로 왔다.

이틀이 가고 일주일이 갔다. 울타리 옆 꽃밭에 자리 잡은 해바라기는 쑥쑥 자라 꽃대를 내밀었고 감꽃은 뚝뚝 떨어져 흙바닥에 누웠다. 구덩이는 푹푹 날마다 깊어졌다. 우리는 음악 시간에도 땅을 파기 위해서 구덩이 파는 노래를 만들었다. 노래 부르면서 파니까 힘이 덜 들었다.

파자 파자, 땅 파자.
깊이 깊이 땅 파자.
큰 곰을 묻을 만큼

큰 개를 가둘 만큼
열심히 더 열심히

아, 힘들어.

택칵 택칵 호미로 파자.
푸악팍 푸악팍 삽으로 파자.
내 옷이 더럽다.
내 신발이 더럽다.
파자 파자 땅 파자.
깊이 깊이 개 함정 파자.

구덩이가 깊어지면서 여럿이 일하는 게 곤란해졌다. 두 명씩
짝을 지어 구덩이 속으로 들어갔다. 위에서 줄을 내리면 구덩이
속 아이들이 흙을 긁어 들통에 담은 뒤 "올려!" 소리쳤고, 구덩이
밖 아이들이 들통을 끌어 올렸다.

6월 23일, 바람 한 점 없는 날이라 가만히 있어도 땀이 흘렀다.
구덩이 파던 삽을 놓고 앉아 잠깐 쉬는데 층층나무 둥치에
매미가 날아와 울었다. 우리는 "더워. 더워" 손부채질하며 매미

소리를 들었다. 돌매미 한 마리가 이이이이익차 울음을 시작해서
꽁무니를 부들부들 떨며 이이익차익차익차쫌쫌쫌 중간쯤 울었을
때 갑자기 구덩이 속에서 푸닥닥투닥 소리가 났다.

"뭔 소리야!"

들여다보니 사람이다. 민우랑 상훈이가 싸운다. 깊고 좁은
구덩이 저 밑에서 푹푹 삽질하다가 부딪히면서 짜증이 폭발한
모양이다. 순식간에 둘이 엉겨 붙어 뒹구는데, 구덩이 밖에서는
밑으로 손이 닿지 않아 싸움을 말리기가 어려웠다.

"야, 그만둬!"

밖에서 아무리 소리쳐도 소용없었다. 할 수 없이 힘센
일령이가 나섰다. 구덩이 밖 아이들 여럿이서 일령이 발목을
잡았고, 발목 잡힌 일령이가 두 팔을 늘어뜨린 채 버둥버둥
머리부터 거꾸로 내려갔다. 구덩이 속에서 엉겨 붙은 녀석들
사이를 갈라놓아야 하는데, 아래로 뻗은 일령이 손이 두 아이
머리통에 닿을락 말락 안 닿았다. 키가 큰 상훈이 쪽 머리카락만
손끝에 살짝살짝 스칠 뿐이었다.

"더 내려!"

발목 붙잡은 아이들 손이 부들부들 떨렸다. 이이이익차
이익차 쫌만 더 쫌만 더 쫌쫌쫌, 해서 겨우겨우 떼어 놓는 데에

성공했다.

"하여튼 개보다 애들 먼저 잡을 뻔했어."

뒤늦게 싸움 현장으로 달려온 배추 선생님이 한숨을 푹푹 쉬며 구덩이 속을 들여다보았다.

흙구덩이 속에서 옛날 물건들이 자꾸 나왔다. 도자기 조각, 부러진 쟁기, 어디에 쓰는지 알 수 없는 물건들. 하나하나 소중하게 다루며 발굴된 유물의 순서대로 종이 위에 늘어놓았다.

도자기 조각이 나오는 걸로 봐서 이곳은 고려 시대 어느 집 뒤란이 아니었을까, 부러진 쟁기가 나오는 걸로 봐서 조선 시대 밭이 아니었을까, 추측했다. 땅속에서 나오는 물건으로 옛날 사람들이 어떻게 살았을지 생각하니까 이것은 사회다. 구덩이는 사회 과목과 관계가 있을 것 같다. 아이들이 "사회 시간에도 파요" 했다. 앞으로는 사회 시간에도 구덩이를 파기로 했다.

구덩이 속에서 파낸 흙이 점점 늘어나는 동안 학교에서 산개와 마주쳤다는 아이들도 점점 늘어났다. 이빨이 엄청 날카롭고 무섭다는 아이도 있고, 자기는 하나도 안 무서웠다는 아이도 있었다.

7월 4일, 점심 급식으로 닭다리가 나왔다. 명환이가 뜯어 먹다 남은 닭다리를 산개가 나오는 길목에 놓아 주었다. 다음 날 보니 닭다리가 사라졌다. 개가 대나무 숲으로 가져가 먹어 치운 게 틀림없다. 그 뒤로는 점심시간에 소시지나 생선 같은 게 나오면 영양사 선생님 몰래 감췄다가 나중에 개 챙겨 주는 게 우리 반 아이들의 일이 되었다. 배추 선생님은 개 나오는 길에 초코파이를 던져 놓았다가 성현이한테 야단맞았다. 성현이는 개가 초콜릿 먹으면 죽을 수도 있다고, "선생님이란 사람이 그것도 몰라요? 제발 놀지 말고 공부 좀 해요." 소리쳤다.

산개는 변함없이 타닥타닥 돌아다니는데 오히려 개 잡겠다는 우리 반 아이들의 마음이 변했다. 두려움이 걱정하는 마음으로, 걱정이 애정으로. 우리에게 붙잡히기 전에 굶어 죽으면 어쩌나, 감기 걸리면 어쩌나 불쌍한 마음이 생기더니 어느새 떠돌이 산개와 흠뻑 정이 들고 말았다. 마음 밖에 있을 때는 문젯거리 골칫거리였는데, 마음 안으로 들여놓는 순간 소중한 무엇, 꼭 있어야 할 무엇이 된 것이다.

내가 일기장에 시를 한 편 썼다. 땅 파는 게 국어 공부에 도움이 된다는 것을 증명하기 위해서는 뭐라도 쓸 수밖에 없었다.

　　산개는 쓸쓸한 개다.
　　주인이 없고

좋아해 주는 사람도 없다.
먹을 게 없어서
낮에는 돌아다니며 먹을 거 찾고
밤에 쓰레기봉지를 뒤지다가
새벽에 비틀거리며 존다.

　7월 6일, 구덩이가 까맣게 깊어졌다. 위에서 내려다보며
"야!" 소리치면 바닥에 닿은 소리가 한참 만에 메아리가 되어
돌아왔다. 이만하면 드럼통을 묻어도 될 것 같다. 드럼통을 구해
와야 한다.
　상훈이랑 민우가 '개미고물상'에 가서 물어봤는데, 녹슨
드럼통 값이 만 원이라고 한다. 지난번에 고물 팔아서 번 돈
7800원에다가 배추 선생님한테 꾼 돈 2200원을 보태서 녹슨
드럼통을 하나 사 왔다. 드럼통 바닥에 그물을 깔아야 한다. 나랑
은비가 바닷가 항구에 가서 폐그물을 주워 왔다.
　드럼통 묻고, 바닥에 그물 깔고, 드럼통 위를 마른 나뭇가지와
가랑잎으로 살짝 덮고, 그 위에 개 사료를 놓았다. 함정 가는
길에는 동생들이 빠지지 않도록 붉은 천 조각을 걸고 '함정
조심!'이란 푯말을 세웠다. 개는 글자를 모르니까 조심 안 하고

룰루랄라 지나갈 것이다.

"잡힐까?"

배추 선생님이 고개를 갸웃했다. 잡힐 것이다. 먹이 먹으려고 올라서면 빠지게 되어 있다. 앞발 딛는 순간 가랑잎이 폭삭 꺼지면서 개는 대가리부터 거꾸로 꼴아박히게 될 것이고, 바닥에 깔린 그물에 엉켜 꼼짝 못 하게 될 것이다.

함정 설치를 마무리한 그다음 날부터 아이들 옷과 신발이 다시 깨끗해졌다. 삽을 쥐던 손으로 연필을 쥐었다. 국어 시간에는 자리에 앉아서 국어 공부를 했고 수학 시간에는 교실에서 수학 공부를 했다. 쉬는 시간에는 2층 복도 창문에 서서 손 망원경으로 대나무 숲을 감시했다. 공부를 싫어하는 명환이는 함정 한 개만 더 팠으면 좋겠다며 아쉬워했다.

일주일이 지났다. 그동안 고양이가 빠졌다. 미오가 한 번 빠졌고, 앞발 절룩거리는 줄무늬 고양이가 한 번 빠졌다. 개는 안 빠졌다.

"뭐가 문제지?"

복도 창가에서 개가 함정에 안 빠지는 까닭을 따져 봤다.

"혹시 글자 읽는 개?"

"우리가 함정 파는 걸 다 지켜봤을 거야. 저기 언덕에 서서."

"그 큰 개가 빠지기에는 드럼통 입구가 너무 좁은 것 아닐까?"

우리끼리 웅성웅성 떠드는 동안 환영이가 밖으로 나가 함정 가까이 다가갔다. 개가 디딘 발자국 흙을 긁어 혀에 대더니 고개를 갸웃했다. 네발로 엎드려서 함정 둘레에 코를 바짝 대고 킁킁거렸다. 곧 정확한 원인을 알아내서 말해 주었다.

"개는 코가 예민한 동물이잖아. 드럼통에서 나는 쇠 냄새를 맡은 거야."

작전을 바꿨다. 쇠 드럼통을 꺼내 없애고 그 자리에 '고래통'을 넣기로. 고래통은 고무로 만든 거라 쇠 냄새가 안 난다. 입구도 쇠 드럼통의 두 배만큼 넓어서 개가 훨씬 더 편하게 빠질 수 있다.

고래통은 원래 아이들이 건드리면 절대로 안 되는 물건이다. 가을 운동회 때 내빈들 경기에 쓰는 물건이기 때문이다. 내빈들 경기 종목은 '무얼 낚을까'이다. 운동회 날 '무얼 낚을까' 순서가 되면 관계 기관에서 오신 내빈들은 낚싯대를 어깨에 둘러메고 운동장 한가운데에 놓인 고래통을 향해 달려간다. 고래통에 낚싯대를 들이대면 통 안에 숨은 아이가 낚싯줄 끝에 달린 고리에 소주병이나 오징어나 고무장갑 같은 걸 걸어 줬고, 내빈들은 "낚았다!" 소리치며 하나씩 챙겨 가서 둘러앉아 소주를 마시면 된다.

워낙 중요한 물건이라 건드리면 안 되지만 어쩔 수 없다.
지금은 내빈들보다 개가 더 급하고 중요하니까. 배추 선생님이
교장 선생님 몰래 열쇠를 갖고 와서 체육 창고 문을 열었다.
우리는 기웃기웃 살피며 창고에 있던 고래통을 꺼냈고, 영차영차
굴려 구덩이까지 옮겼다.

　구덩이 속에 박혀 있던 쇠 냄새 드럼통을 꺼내서 언덕 아래로
굴려 보냈다. 쿠당탕 소리와 함께 드럼통값 만 원이 그렇게
허무하게 날아갔다. 처음부터 계획을 제대로 짰으면 돈 낭비는
안 할 수 있었는데, 너무 한쪽 앞만 보며 서둘렀던 것 같다. 아니,
실패를 통해서 배우는 거니까 괜찮다. 이제라도 바로잡으면
된다. 고래통만 넣으면 모든 건 끝이다.

　삽으로 파서 구덩이를 더 넓혔고, 그 자리에 내빈용 고래통을
넣었다. 고래통 바닥에 폐그물을 깔았고, 함정 위를 마른
나뭇가지와 가랑잎으로 덮었다. 가랑잎 위에는 개 사료와 닭다리,
그리고 일령이의 보물인 검은빛 슬리퍼 한 짝을 놓아두었다.

　나랑 은비는 날마다 아침 일찍 학교에 왔다. 명환이랑
환영이는 나보다 더 일찍 왔다. 학교에 오는 대로 내빈용 고래통
함정에 다가가서 함정에 뭐가 빠졌는지 살폈다. 다른 아이들도
학교에 오면 등에 책가방 멘 채로 함정 있는 곳부터 들렀다.

함정 둘레 흙바닥에는 날마다 새로운 발자국이 찍혔다. 간밤에
개가 왔다 간 흔적이다. 그러나 함정 위로 올라간 흔적은 없다.
무수한 발자국을 남기며 둘레를 맴돌기만 했다. 함정 위에
놓인 것들이 탐나기는 하지만 아직 뭔가가 의심스럽고, 그래서
다가갈까 그만둘까 망설이는 것 같았다.

"뭐가 문제지?"

아이들이 갸웃거리는 동안 명환이가 바닥에 있는 흙을 긁어
혀에 대고는 뭔가 생각하는 듯 끔벅거렸다.

"고무 냄새를 맡은 것 아닐까?"

환영이가 고개 저었다.

"고무 냄새가 아니라 두려움의 냄새 때문이야. 야생에서
살아가는 개는 코로 냄새 맡는 능력이 사람의 천 배, 귀로 듣는
능력은 일곱 배거든. 둘을 곱하면 칠천 배. 그래서 쉽게 안
빠지는 거야."

개라는 동물이 얼마나 예민한 동물인지, 발밑을 조심하는
동물인지 알 것 같았다. 산개가 마음을 못 정하고 내빈용 함정
둘레를 맴도는 동안 해바라기가 꽃봉오리 문을 활짝 열었다.
산개가 아무 일 없이 산과 학교를 오르내리는 동안 우리들 방학
날이 하루하루 다가왔다.

신나는 여름방학이지만 우리는 조금도 기쁘지 않았다. 어두운 얼굴로 '개 어떻게 할까' 다시 회의를 열었다. 배추 선생님이 오른손 주먹을 번쩍 치켜들고 자신 있는 목소리로 말했다.

"2학기 시작하면 더 과학적이고 엄청난 함정을 파자. 내가 요 며칠 밤을 새며 연구해 놓은 게 있어."

선생님의 의견은 받아들여지지 않았다.

"편지 쓰자. 동물농장."

은비가 SBS 〈TV 동물농장〉에 편지를 쓰면 그 사람들이 와서 개를 붙잡아 줄 거라고 했다.

"그래, 편지!"

아이들 얼굴이 환해졌다.

"편지 쓴다고 오겠어? 거기 사람들이 얼마나 바쁜데."

배추 선생님이 어림없다며 고개 저었다. 선생님이 반대한다고 안 할 우리가 아니다.

"선생님한테 쓰라고 안 해요."

"우리가 알아서 할게요."

우리끼리 쓴다는 말에 선생님이 "그럼 알아서 해" 하며 팔짱을 끼고 돌아섰다.

우리 반 아이들은 글을 쓰기 시작했다. 동물농장을 감동시키고 말겠다며 열심히 썼다. 나도 썼다.

　　동물농장 여러분들 안녕하세요? 저는 설악초등학교
6학년 이영지예요. 다름이 아니라 개 때문에 편지를 보내요.
작은 개가 아니라 아주 늑대만 한 개가 우리 학교에 있어요.
온몸이 불타는 색인데, 거의 매일매일 뒷산에서 내려와요.
처음엔 아주 무서웠어요. 그런데 붙잡으려고 줄곧 기다리다
보니까 정이 들었어요. 그 개 붙잡아서 우리가 키울 거예요.
지금은 산에서 먹을 것도 못 먹고 비가 오면 비도 맞고
불쌍해요. 꼭 와서 개를 구해 주세요.

　쉬는 시간에 글을 썼다. 국어 시간에 썼고, 집에서도 썼다.
사흘 동안 쓴 편지와 6월에 구덩이 팔 때부터 우리가 썼던 시를
한데 모으니 작은 상자 속에 글이 와글와글했다.
　"파자 파자 땅 파자… ."
　우리가 지어낸 노래를 흥얼거리며 다 같이 우체국에
가서 소포로 부쳤다. 그리고 방학했다. 방학하고 며칠 뒤
선생님한테서 휴대폰 문자가 왔다.
　"동물농장이 오고 말았음. 개 붙잡는 것 도와 달라 함.

도와줄 사람은 학교 나오기 바람.=33"

오면 좋겠다는 기대를 했지만, 정말 올 줄은 몰랐다.

'〈TV 동물농장〉이 이렇게 쉬운 곳이었나?'

우리 반 아이들이 하나둘 학교로 모였다. SBS라는 글자를 새긴 방송국 차가 학교 주차장에 자리 잡았고, 차에서 내린 사람들이 우리한테 손을 흔들었다. 눈썹이 짙고 빨간 옷 입은 분이 동물농장 피디, 머리 긴 언니가 카메라 담당, 귀가 크고 눈 동그란 아저씨가 개 전문가라 했다. 개 전문가 아저씨는 텔레비전에서 자주 보던 분이라서 신기하고 반가웠다.

인사를 나누자마자 내가 동물농장 피디님한테 물었다.

"〈TV 동물농장〉 방송국은 누가 와 달라 부탁하면 다 와 주나요?"

아니라 한다. 전국에서 방송국으로 보내오는 사연이 일주일에 책 한 권 분량이 넘기 때문에 다 갈 수가 없다고, 이곳은 우리들 사연이 특별해서 와 보고 싶었다 하신다.

눈이 동그란 개 전문가 아저씨가 2층 복도에 서서 뒷산을 바라보다가 깜짝 놀란다.

"오!"

저 숲에 있는 늑대개가 너희들이 붙잡으려는 개냐고 묻는다.

고개를 끄덕였다. 아저씨 얼굴이 심각해졌다.

"불개는 야생이 강해서 사람을 따르지 않는데…."

영주 근처, 소백산 기슭의 늑대와 황구 사이에서 태어난
개인데, 발톱 눈 코 털 꼬리까지 전부 붉은색이라서 불개라는
이름이 붙었다고 한다.

'역시 아무 데서나 보는 시시한 개가 아니었어.'

방송국 사람들이 학교 뒤뜰 창고 옆에 포획틀을 설치했다.
방송국 포획틀은 저번에 군청 관계 기관에서 갖다 놓은
포획틀보다 백 배는 컸다. 이 정도 크기면 개가 몸을 구겨 넣지
않아도 된다. 지 맘대로 들어와서 맘껏 뛰어놀아도 될 것 같았다.
방송국 사람들이 포획틀 안에 개 밥그릇을 넣고 사료를 듬뿍
부었다. 큼직한 밥그릇이라 개가 대접받는다는 느낌이 들 것
같다. 사료 먹으러 포획틀 안으로 들어오면 건물 뒤에 숨어 있는
사람이 포획틀 줄을 당겨서 철컹 가둔다고 했다.

"간단한데?"

환영이가 포획틀 기둥을 만지며 신기해했다. 포획틀만 있으면
쉽고 간단한데 왜 우리는 그 고생을 하며 구덩이를 팠는지
모르겠다. 하긴 우리 힘으로는 절대 이런 포획틀을 못 구한다.
돈이 없기 때문이다. 역시 방송국은 수준이 다른 것 같다.

카메라 언니가 복도 창가에서 카메라 촬영 준비를 했다.
포획틀에 개가 갇히는 순간을 찍는다고 했다. 우리도 카메라
뒤에 서서 개가 잡히는 순간을 지켜보았다.

지켜보는 동안 산 그림자가 땅에 깔렸다. 개는
깜깜무소식이었다. 서쪽 하늘이 붉은빛 분홍빛으로 물들었다.
개는 오지 않았다. 검은 산에서 소쩍새 우는 소리가 들렸다. 개는
갇히지 않았다. 이틀 지나고 사흘이 지나도 카메라는 빈 카메라
그대로였다. 사흘째 되는 날 우리 고양이 미오가 포획틀에
들어와서 사료를 먹고 갔다. 불개는 아예 포획틀 근처에
얼씬거리지도 않았다.

방송국은 전문가니까 금방 붙잡을 것 같았는데, 교장 선생님이
좋아하는 관계 기관과 별로 다를 게 없는 것 같다. 이대로는
안 된다. 경험 많은 우리가 나서는 수밖에. 우리 반 아이들과
동물농장 아저씨가 뒤뜰에 쪼그리고 앉아 불개를 어떻게
붙잡을지 의논했다.

"두려움의 냄새를 달래야 해."

"개의 감각 능력을 거꾸로 이용하는 거야."

우리는 개를 자극하지 않는 방법을 쓰되, 만약을 대비해서
3단계 작전을 짰다. 입이 몸을 움직이게, 코가 몸을 움직이게,

눈이 몸을 움직이게 하는 작전이다. 다른 말로 하면 '입에는 입', '코에는 코', '눈에는 눈'. 1단계는 탐색, 2단계는 집중, 3단계는 보충인데, 1단계에서 끝날 수도 있다.

사람이나 원숭이는 얼굴 들어 하늘을 보니까 위에서부터 눈, 코, 입, 이런 순서가 자연스럽지만, 개처럼 얼굴 숙이고 킁킁 바닥 냄새를 맡고 다니는 동물은 밑에서부터 입, 코, 눈, 이런 순서를 따라야 한다는 게 환영이의 이론이었다. 환영이는 오래된 나무나 동물의 마음도 읽을 수 있는 아이니까 그 말이 맞을 것이다. 내 생각도 그렇다. 워낙 그물망처럼 촘촘하게 짠 작전이라 빠져나갈 동물이 없을 것이다. 이 방법대로 하면 개가 아니라 멧돼지 곰도 잡힐 수밖에 없다. 처음부터 이 작전대로 했으면 쓸데없이 시간 낭비하며 아까운 세월을 사흘이나 허비할 필요가 없었다.

1단계 작전을 펼쳤다. 입이 몸을 움직이는 '입에는 입' 작전. 포획틀 안에 먹이를 듬뿍 넣고, 포획틀 입구에서 대나무 숲 어귀까지 사료를 옴큼옴큼 놓았다. 일령이가 급식소 바닥에 남겼던 검은 발자국처럼 한 줄로 폭폭폭폭 이어지게. 개가 숲에서부터 한 입 한 입 사료를 주워 먹다 보면 맛에 이끌려 자기도 모르게 포획틀 안으로 걸어 들어오게 되어 있다. 성공할 것이다.

기다렸다. 지켜보는 동안 바람이 불어 댓잎을 흔들었다.
외톨이새 한 마리가 한 줄로 폭폭폭 이어진 길 위에
내려앉았다가 꽤액 소리치며 날아갔다. 개는 오지 않았다.
대나무 사이로 붉은빛 얼굴 반쪽만 빼꼼 내밀어 살피다가 다시
들어가 버렸다. 우리 고양이 세 마리만 아무 의심 없이 포획틀에
들어가서 먹이를 실컷 먹었다.

환영이가 그럴 줄 알았다며 끄덕였다. 예상된 일이기는 했다.
야생에서 살아가는 개라 위험을 감지하는 능력이 뛰어나기는
하지만 입맛을 느끼는 감각은 사람보다 둔하니까.

이제부터가 진짜다. 2단계, 코가 몸을 움직이는 '코에는 코'
작전. 이건 빠져나가기 어려울 것이다. 코의 감각 능력은 사람의
천 배니까.

우리는 뒤뜰에 쪼그리고 앉아 삼겹살을 구웠다. 구우면서
냄새가 산비탈 대나무 숲으로 가도록 부채질을 했다. 일령이가
프라이팬 위에서 자글자글 익어 가는 삼겹살을 보며 침을 꼴깍
삼켰다.

"딱 한 입만."

안 된다. 사람 입으로 들어갈 게 아니라 개의 코로 들어가야

한다. 냄새야, 멀리 가라. 멀리 더 멀리. 얼마 지나지 않아 댓잎이
흔들렸고 대나무 사이로 붉은 얼굴이 드러났다.

"왔다."

이슬이가 쉿, 하며 손가락을 입에 댔다. 우리는 부채질을
멈췄다. 굽던 고기를 잽싸게 포획틀 안에 집어넣고 뒷걸음질
쳐서 건물 뒤로 몸을 숨겼다. 포획틀 당기는 줄을 쥔 아저씨 손에
힘이 들어갔다. 개가 꼬리를 뒷다리 사이에 끼우고 망설이면서도
냄새에 끌렸다. 주춤주춤 다가왔다. 킁킁거리며 한 발, 또 한 발
왔다.

이제 포획틀에 들어오기만 하면 된다. 들어오는 순간, 줄을
당겨서 철컥, 그러면 끝이다. 포획틀 다섯 발 앞에까지 왔다.

'가까이, 쫌만 더 가까이 쫌만 더 쫌만 더 쫌쫌쫌.'

마음 졸이며 기다렸다. 그러나 더는 가까워지지 않았다. 그
자리에서 머뭇머뭇 킁킁거리더니 홱 돌아서서 대나무 숲으로
들어가 버렸다.

"인간 냄새를 맡은 것 아닐까?"

환영이 말이 맞는 것 같았다. 쇠 드럼통 냄새를 그렇게 잘
맡는데 인간 냄새를 못 맡겠나. 우리는 삼겹살 구울 때 고기에서
나오는 김을 쐬기 위하여 얼굴과 손과 몸을 프라이팬에 바짝

들이댔다. 몸 전체에 삼겹살 냄새가 진하게 배어야 인간 냄새를
없앨 수 있기 때문이다.

인간 냄새를 없앴고, 부채질을 더 열심히 했다. 소용없었다.
인간 냄새도 안 나는 아이들이 마음 졸이며 기다렸지만 개는
오지 않았다. 산개는 일령이보다 냄새를 참고 견디는 힘이 강한
것 같았다.

어쩔 수 없다. 갈 데까지 가 보자. 최후의 3단계, 눈에는 눈
작전. 개는 원래부터 근시라서 초점을 맞추는 능력은 약하지만
움직이는 사물을 발견하는 능력은 사람보다 뛰어나니까 그것을
잘 이용하면 될 것 같다. 낚싯줄에 뼈다귀를 매달아서 대나무
숲 어귀에 던졌다. 위아래로 흔들어 개의 눈길을 끈 다음에
바닥에 내려서 슬슬슬 당겼다. 개가 뼈다귀 미끼에 다가왔다. 한
발 다가오면 당기고 다가오면 당기며 포획틀 쪽으로 유인했다.
소용없었다. 세 번까지 다가오기는 했는데, 앞발로 툭툭 쳐
보고는 그대로 돌아섰다. 어제저녁에 감자탕 해 달라고 엄마를
졸라서 쪽쪽 아주 맛있는 척 돼지 뼈를 발라 먹은 게 쓸데없는
일이 되고 말았다. 뼈다귀 대신 내빈용 실내화도 매달고
막걸리병도 매달아 보았지만 모두 소용없었다.

의심 많은 개다. 그동안 많이 속으며 살았나 보다. 생각해

보니 우리가 펼쳤던 작전도 결국은 속임수 작전이었다. 작전을 바꾸기로 했다. 개를 속이는 작전 말고, 믿음을 쌓는 작전으로. 이제부터는 믿음을 쌓기 위해 무작정 기다리기로 했다. 포획틀 안에 개가 좋아할 만한 것들을 이것저것 정성껏 준비해서 넣었다. 구운 고기를 넣었고, 개 사료를 한 그릇 담았고, 성현이가 집에서 가져온 푹 삶은 명태 대가리를 넣었고, 교장 선생님 몰래 가져온 내빈용 실내화를 넣었다.

　오래 기다렸다. 낮과 밤이 몇 번이나 바뀌었다. 하지만 개는 마음을 열지 않았다. 포획틀에는 믿음이 많은 미오와 흰점이, 그리고 앞발 절룩거리는 줄무늬 고양이, 이렇게 셋이 들락거리며 차려 놓은 음식을 실컷 먹었다. 저러다가 우리 반 이슬이와 일렁이처럼 고도비만 고양이가 될까 걱정스럽다. 불개는 저 위에 참나무 숲 언덕에 버티고 서서 포획틀에 들락거리는 고양이들을 의심스런 눈초리로 살피기만 했다.

　그러다가 한 번, 불개가 고양이 뒤를 살살 밟으며 포획틀 가까이 온 적이 있다. 포획틀 바깥을 다섯 바퀴쯤 돌며 안을 살피더니 엉덩이를 포획틀 입구 밖으로 뺀 채 머리통만 안에 들여 넣고 먹이를 먹었다. 엉덩이를 밖으로 빼면 포획틀 문이 닫히지 않는다는 걸 알아차린 모양이다. 영리한 놈이었다.

개 전문가 아저씨도 이렇게 영리하고 경계 심한 개는
처음이라고, 새로 생긴 시설물을 계산하고 심지어 포획틀
문고리와 당기는 줄 사이를 연결해서 공중으로 띄워 놓은 줄까지
보고 있다고, 꼭 붙잡아서 아이큐 검사라도 해 보고 싶다 한다.
하긴 방송국에서 왔다고 금방 잡힐 것 같았으면 땀과 과학이
합친 우리들의 함정에 먼저 잡혔겠지.

산에서 내려와 학교 뒤뜰과 운동장을 뻔질나게 드나들던
녀석이, 포획틀을 설치한 뒤로는 하루가 다르게 발길이
뜸해졌다. 뒤뜰 대신 옆집 할머니네 쪽으로 가는 날이 잦아졌다.
방송국 사람들이 포획틀을 옮겨서 할머니네 집으로 가는 길 옆
공터에 다시 설치했다. 우리는 대나무 숲에 가서 개가 밟은 흙과
마른 댓잎을 긁어 와서 포획틀 바닥에 깔았다.

다시 이틀이 지나고 열흘이 지났지만 개는 잡히지 않았다.
아침부터 밤까지 감시하고 마음 졸였지만 허탕이었다. 개 전문가
아저씨도, 카메라 언니도 고생이 이만저만 아니었다. 내가
한마디 했다.

"동물이 어렵네요. 사람 촬영이 쉽지."

카메라 언니가 손을 저으며 아니라 한다.

"이 정도는 아무것도 아니야. 저쪽에 북한산에서 긴팔원숭이를

붙잡는 팀이 있거든. 거기는 정말 개고생이지. 원숭이가 하루는 이쪽 산에 나왔다가 다음 날엔 저쪽 골짜기에 나타나고."

그 무거운 촬영 장비와 포획 도구를 둘러메고 산을 넘어가는 방송국 사람들을 생각하니 세상에 쉬운 일은 없구나 싶다. 하긴 뭐, 나도 개 붙잡는 것 돕는다고 아침부터 학교에 나와서 고기 굽고 부채질했다. 맨땅에 뼈다귀 낚시를 던졌다. 포획틀 바닥에 개 땀 냄새 밴 흙을 깔았다. 그러는 동안 내 여름방학이 다 가 버렸다.

울타리 옆 꽃밭에 선 늙은 해바라기가 고개를 푹 숙였다. 방학은 끝났는데 개는 여전히 자유롭게 돌아다녔고, 동물농장 아저씨들은 개 붙잡는 걸 포기했다. 개 같지 않은 개라서 어쩔 수 없다고, 이대로 철수하는 수밖에 없다고 했다.

"무슨 방법을 찾으면 다시 올게."

피디 아저씨가 풀 죽은 얼굴로 말했다. 방송에는 개를 못 잡은 걸로 해서 내보낼 수밖에 없다고 했다. 우리 얼굴이 방송에 나올 수도 있다고 했지만 우리는 기쁘지 않았다. 개 전문가 아저씨랑 카메라 언니도 풀이 푹 죽었다. 마지막 인사를 나눴다.

사람들은 갔는데 포획틀은 못 갔다. 포획틀이 너무 커서 방송국 차에 실을 수 없었기 때문이다. 나중에 트럭이 와서 포획틀만 따로 실어 갈 거라고 했다. 방송국 사람들과 손 흔들며 헤어진 오후, 공터에는 빈 포획틀만 덩그러니 남아 비를 맞았다.

우리는 쉬는 시간마다 공터에 가서 개 잡기 놀이를 했다. 개 대신 사람이 잡혀 주는 놀이다. 눈 감고 쿵쿵거리면서 포획틀 안으로 들어가면 밖에 있는 아이가 호두나무 뒤로 늘어뜨린 줄을 당겨서 철컹 가둬 주었다. 어떤 날은 옆집 할머니가 구부정하게 걸어오셔서 아이들 대신 줄을 당겨 주기도 했다.

들에는 초가을 들꽃이 피어났고, 산개는 쓸쓸히 산을 오르내렸다. 관계 기관 사람들은 늘 그렇게 걱정하는 얼굴로 교장실을 들락거렸고, 우리는 포획틀에 갇혔다. 포획틀에 갇혀서 새로운 방법을 연구하기 시작했다. 겨울에 눈 하얗게 쌓이면 개 발자국을 추적하자, 또래 개를 데리고 와서 유인하자, 마취 전문 사냥꾼을 고용하자, 이런 의견이 나왔다.

9월 3일, 교실에서 공부하는데 어디선가 울부짖는 소리가 들렸다.

"캥캥! 캐갱캥!"

온 산과 학교 건물이 떠들썩했다.

"개다!"

누군가 소리쳤다. 공부 시간이었지만 지금 그게 문제가

아니었다. 아이들이 한꺼번에 소리 나는 쪽으로 달렸다.
선생님도 달렸다. 발소리보다 빠르게 벨튀보다 빠르게, 파도처럼
폭풍처럼 달렸다.

　개가 잡혔다. 정말 잡혔다. 포획틀 줄을 당긴 옆집
할머니 말로는, 녀석이 오랜 시간 그 자리에 놓인 포획틀에
익숙해졌는지 아예 포획틀을 집 안방 삼아 바닥에 벌렁 누워
낮잠을 자더라 한다.

　아이들과 선생님과 마을 사람들이 빙 둘러서서 창살에 갇힌
개를 들여다보았다. 바람처럼 산과 언덕과 학교 둘레를 달리던
개는 포획틀 한구석에 웅크려 떨고 있었다. 울룩불룩 뼈만 남은
몸을 조그맣게 오그려 벌럭벌럭 큰 숨을 몰아쉬었다. 문이 닫힐
때는 펄펄 뛰어오르며 포획틀 벽에 몸을 부딪치고 쇠창살을
물어뜯고 난리였는데, 이젠 지쳐서 조용해진 거라 한다.

　"무서운가 봐."

　"불쌍해."

　바깥에 둘러선 아이들이 한마디씩 했다.

　"저 개를 어떻게 할까요?"

　서울에서 급하게 내려온 방송국 아저씨가 배추 선생님 쪽을
보며 물었다. 물어보나 마나다. 당연히 우리가 키워야지.

"우리 개예요!"

"우리가 키울 거예요!"

아이들이 소리쳤다. 배추 선생님도 여러 목소리를 반대하지는 못했다. 개는 우리가 키우기로 했다. 학교에서 다 같이 키우기로 했다. 방송국에서 산개가 살 울타리를 지어 주었다. 울타리를 짓는 동안 개는 종합 진찰 받으러 병원에 갔다.

9월 8일, 산개가 왔다. 전교생이 강당에 모여서 개와 인사를 나누었다. 배추 선생님이 마이크를 들었다.

"앞으로 여러분이 돌봐 주어야 할 개입니다. 이름을 지어 주세요. 뭐가 좋을까요?"

아이들이 여기저기에서 말했다.

"산이로 해요. 산에서 왔으니까."

"노을이! 몸이 붉은 노을빛이잖아요."

"개빽다구요. 빼짝 말랐어요."

"바람처럼 빠르니까 바람이로 해요."

투표 결과 '바람이'가 되었다. 이날부터 바람이는 우리 학교 개가 되었다.

아침저녁으로 바람이를 산책시키는데, 우리는 바람이를 반기지만 바람이는 조금도 반가운 기색이 없다. "안녕,

바람아" 불러 봐도 개집 속에 웅크린 채 내다보지 않았다.
산책시키겠다고 줄을 잡아끌면 네발로 버티다가 마지못해 끌려
나오기는 하는데, 꼬리를 두 다리 사이에 끼우고 달달 떨었다.
개 전문가 아저씨 말로는 살면서 사랑받은 경험이 없기 때문에
두려운 거라 했다. 그럼 내가 두려움 없이 아무 일에나 나서는
건 어렸을 때 사랑받은 경험이 많기 때문인가? 요즘 엄마한테
불만이 많았는데, 다시 생각해 봐야겠다.

　개 산책은 두 사람이 한 조가 되어 다닌다. 개 목줄 쥔 아이가
앞서 나가면 똥삽을 어깨에 둘러멘 다른 아이가 뒤를 따른다.
바람이가 산책하는 도중에 똥을 누면 치우려는 것이다.

　학급 일 중에 교실 쓸기 일과 닭 돌보기 일이 많은데, 개
일은 더 바쁘다. 산책시키고 물 떠 오고 먹이 주고 똥 치우고.
그렇지만 서로 맡겠다고 다투는 일거리다. 아이들은 날마다 개
이야기를 교실 일기에 썼다.

　개 산책하러 밖에 나오니
　바람이가 똥을 눈다.
　뒷다리를 쪼그리고
　바지직 구지직 뿡뿡

248

똥이 똥이 뚝뚝

풀밭에 누워 버린 갈색 똥에서

하얀 김이 피실피실 욱

나는 똥을 치운다.

나 개똥 싫어.

　매 한 마리가 파란 하늘을 빙빙 돌며 동그라미 그리던 날
유안이가 "매다!" 하며 하늘 향해 손짓하다가 그만 개 산책 줄을
놓치고 말았다. 바람이가 냅다 도망쳤다. 아이들이 발을 동동
구르며 "바람아, 바람아" 불렀지만 뒤 한번 돌아보지 않고 자기가
왔던 산으로 달려갔다.

　"산이 더 좋다는데 어쩌겠니."

　배추 선생님은 태평스런 얼굴로 개를 위해서라면 차라리 잘된
것 아니냐고 하는데, 아니다. 다시 산으로 가면 무슨 짓을 당할지
알 수 없다. 더구나 목에 줄을 매달고 갔으니 위험하다. 더 이상
굶어서도 안 된다.

　나랑 환영이랑 몇몇 아이들이 개가 도망친 산으로 들어갔다.
배추 선생님도 뒤를 따랐다. 대나무 숲을 헤매며 "바람아,
바람아" 애타게 찾는데 어디선가 낑낑 우는 소리가 들렸다.

소리 나는 쪽으로 달려갔다. 바람이가 굵은 대나무 사이에 목이
끼인 채 버둥거리고 있었다. 개 산책 줄이 대나무 뿌리와 줄기에
엉켜서 옴짝달싹 못 했다. 아이들이 한꺼번에 달려가서 줄을
풀었다. 줄을 푸는 동안 환영이가 떨고 있는 개를 꼭 끌어안고
울먹였다. 바람이가 가만히 환영이 얼굴을 핥았다.

　산을 내려오면서 성현이가 아이들에게 개와 친해지는 방법을
말해 주었다. 개 앞에 누워서 헥헥 혀를 내밀며 뒹굴어야
하고, 엉덩이를 자주 흔들어야 하고, 부를 때는 소리를 낮추어
다정하게 "바람아" 하고 불러야 한다고 했다. 무엇보다 "아이고
예뻐라, 예뻐라" 이 소리를 자주 해야 한다고 했다. 또 밥그릇을
정성스럽게 씻어 주어야 한다고 했다.

　성현이 말대로 했고, 그 밖에 개와 친해지는 방법 몇 가지를
더 알아내서 수첩에 적어 놓고 지키며 우리들은 점점 더
가까워졌다. 점점 더 정이 들었다. 언제나 자기 집 속에 틀어박혀
웅크리던 녀석이었는데, 어느 아침부터는 교문 들어서는
아이들 발소리가 나면 귀를 쫑긋 세운 채 집 밖으로 얼굴을
내밀었다. 우리가 엉덩이 흔들며 다가가면 자기가 먼저 집 밖에
나와서 기다렸다. 어느 날부터는 우리와 똑같이 꼬리를 흔들기
시작했다. 환영이가 땅바닥에 "가" 자 "나" 자 쓰며 글자를 가르쳐

주니까 알겠다는 듯 다가가서 글자 냄새를 맡았다. 바람이도
이제 우리 친구니까 우리 반은 한 명이 전학 와서 열다섯 명이나
마찬가지다.

다 잘됐는데 함정이 문제다. 얼굴 까맣게 태우며 팠는데, 옷
다 버려 가며 싸움질하며 판 구덩이인데, 이젠 쓸모가 없어졌다.
원래대로 메워 놓아야 하는데, 힘들게 판 걸 그냥 메우려니
허무했다. 허공에 그렸다가 지우는 그림 같았다. 은비가 "떡
본 김에 제사 지내니까 구덩이 판 김에 뭐라도 해야 하는 거야"
했다. 무얼 할까 의논했고, 나무를 심기로 했다.

"무슨 나무 심을까?"

선생님이 우리에게 심고 싶은 나무를 정하라고 했다. 굵고 다닌
개를 도와준 것, 서로 힘 모아 일한 것을 기념하는 나무면 좋겠다.

"감나무 심어요."

내가 말했다. 왜 감나무가 좋은지 설득하기 위해 교실
책꽂이에서 찾아낸 시를 읽었다.

감꽃 / 정완영
바람 한 점 없는 날에, 보는 이도 없는 날에
푸른 산 뻐꾸기 울고 감꽃 하나 떨어진다.

감꽃만 떨어져 누워도 온 세상은 환하다.

울고 있는 뻐꾸기에게, 누워 있는 감꽃에게
이 세상 한복판이 어디냐고 물었더니
여기가 그 자리라며 감꽃 둘레 환하다.

"구덩이는 없어져도 우리 마음 한복판에는
영원히 있을 거예요."

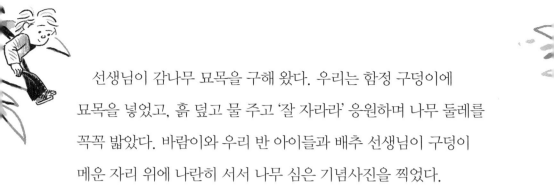

　선생님이 감나무 묘목을 구해 왔다. 우리는 함정 구덩이에
묘목을 넣었고, 흙 덮고 물 주고 '잘 자라라' 응원하며 나무 둘레를
꼭꼭 밟았다. 바람이와 우리 반 아이들과 배추 선생님이 구덩이
메운 자리 위에 나란히 서서 나무 심은 기념사진을 찍었다.

　세월이 지나 나무가 자라면 감꽃이 피고 떨어지겠지. 우리가
이 학교를 졸업하고 떠나더라도, 개가 어디 다른 곳에 가
살더라도, 구덩이 위에 떨어져 누운 감꽃은 오래도록 이 자리를
기억할 것이다.

다 함께 '뮤직헐' 만들기

개 이야기에서 교사가 한 일은 한 가지뿐이다. 아이들이 하자는 것을 반대한 것. 개 키우자는 의견에 반대했고, 구덩이 파자는 의견에 반대했고, 〈TV 동물농장〉에 편지 쓰자는 의견에 반대했다. 산으로 간 개를 다시 데리고 오자는 의견에도 반대했다. 아이들은 교사가 반대할수록 더욱 힘을 얻어 자기들 뜻대로 밀고 나갔고, 개를 붙잡아 키우는 데 성공했다. 찌질한 교사, 우물쭈물 쩔쩔매는 교사 덕분에 아이들의 길은 오히려 단단해졌다.

우리 반이 강원 학생 예술 공연 무대에 초대받았다. 아이들이 시 쓰고 곡 붙여 만든 노래를 무대 위에서 들려주기로 했다. 어떤 노래를 부를까 의논하다 보니 욕심이 생겼다. 이왕 하는 것, 좀 더 멋지게 해 보자. 노래에 춤을 넣자, 연극도 넣자, 이런 이야기가 나왔다. 유안이가 노래와 연극이 같이 들어가는 건 뮤지컬이라고 알려 줬다. 그래서 뮤지컬을 만들기로 했다.

말은 쉬운데, 뮤지컬이 무엇인지 어떻게 하는 것인지는 아무도 몰랐다. 아무려면 어때냐. 누군가 우리 공연을 본 뒤에 "이게 뮤지컬이야?" 따지면 뮤지컬 아니라고, 이건 우리가 새로 개발한 '뮤직헐'이라 대답하기로 하고 연습을 시작했다. 개 함정 파고 산책할 때 만든 노래를 다시 다듬었고, 감나무 심을 때 읽은 정완영 동시 '감꽃'에도 곡을 붙여 노래로 만들었다.

이야기를 다섯 장면으로 나누고, 누군가 의견을 꺼내면 두 번 생각 안 하고 무조건 "그거 좋다!" 소리치며 그 말 그대로 하기로 했다. 누군가 "펄쩍 뛰자" 하면 그 장면에서는 펄쩍 뛰었고, 연습하다 말고 바닥에 퍼질러 앉은 아이가 있으면 공연 때도 그 아이는 그 장면에서 계속 바닥에 앉아 있도록 했다. 대사와 대사 사이에 노래를 넣었고, 노래와 노래 사이에 춤을 넣어 연결했다.

이래서 뮤지컬 〈바람이〉를 완성했다. 그리고 춘천 오케스트라 페스티벌 공연 무대에 가서 공연을 했다. 산개가 나온다는 무서운 소문을 전달하며 아이들이 하나둘 무대 위로 등장했고, 달리는 개를 노래했고, 율동과 함께 함정이 깊어졌고, 구덩이에 심은 나무에서 감꽃이 피었고, 감나무 밑에 앉아 감꽃 노래를 부르며 마쳤다.

마치는 순간 조용히 구경하던 관객들이 한꺼번에 박수를 보냈다. 일어서서 소리치며 길게 박수 치는 사람도 있었다. 교육감님이 엄지를 척 올렸다. 방송국 아나운서가 멋진 공연이다, 감동스럽다, 이런 공연 준비하느라 얼마나 힘들었나, 얼마나 오래 연습했는가, 누가 가르쳤는가 묻는다. 우리끼리 가르치면서 했다고 대답했다. 누군가 이렇게 하자고 의견 내면 이렇게 했고, 저렇게 하자고 의견 내면 저렇게 했다고 말했다.

공연 준비하는 시간, 얼마 안 걸렸다. 공연 준비보다는 실제 경험이 길었다. 함께 해낸 일에 멜로디를 붙이고 노래하고 춤추며 우리의 이야기를 가슴에 남겼다.

그림 김규택

가장 즐거운 일도, 가장 힘든 일도 그림을 그리는 일이다. 이야기에서 받은 감정들을
잘 전달할 수 있도록 노력 중이다. 지금까지 쓰고 그린 책으로《옛날 옛날》
《세상에서 가장 큰 가마솥》이 있고 그린 책으로는《라면 먹는 개》《서당 개 삼년이》
《꿈을 다리는 우리 동네 세탁소》《재활용, 쓰레기를 다시 쓰는 법》들이 있다.

교사와 아이들이 함께 읽는 교실 동화

배추 선생과 열네 아이들

1판 1쇄 2021년 6월 3일　1판 2쇄 2022년 5월 6일

글쓴이 탁동철
그린이 김규택
펴낸이 조재은
편집 이혜숙 김명옥 김원영 구희승
디자인 하늘·민 육수정
마케팅 조희정 유현재

펴낸곳 (주)양철북출판사 | 등록 2001년 11월 21일 제25100-2002-380호
주소 서울시 영등포구 양산로91 리드원센터 1303호 | 전화 02-335-6407 | 팩스 0505-335-6408
전자우편 tindrum@tindrum.co.kr

ISBN 978-89-6372-355-6 03810 | 값 14,000원

─── 어린이제품 안전특별법에 의한 기타표시사항 ───
제품명 아동도서 제조자명 (주)양철북출판사 제조국명 대한민국 사용연령 10세 이상